पंचरतन

हिंदी साहित्य की पांच विधाऐं एवं पांच रचनाकारों का अनूठा संगम

राजेश कुमार गुप्त 'राज'

(प्रधान संपादक)

लक्ष्मण सिंह त्यागी 'रीतेश'

(संपादक)

| सहयोगी रचनाकार |

बृजमोहन त्यागी
बृजेन्द्र सिंह नरवरिया
राजेन्द्र कुमार नामदेव

प्राची डिजिटल पब्लिकेशन
मेरठ, उत्तर प्रदेश

Book	:	**Panchratan**
Chief Editor	:	**Rajesh Kumar Gupta 'Raj'**
Editor	:	**Laxman Singh Tyagi 'Ritesh'**
Edition	:	**1st (September, 2020)**
ISBN	:	**978-81-947278-1-1**

© Author

Published by

525, Lal Singh Nagar, Near Jai Devi Nagar
Meerut - 250002, Uttar Pradesh (India)
Website : www.prachidigital.in
E-mail : editor@prachidigital.in
Contact : 9760417980, 9760418103

COPYRIGHT NOTICE

The copyright rights of the this published book and all the works / compositions included in the book are reserved by the author, so the book or any part of it or the composition is completely or partially electronic or mechanical (including film, serial, photographic, without the written permission of the author Recording, any newspaper-magazine or literary / news website or portal, or blog, PDF format, photocopy Or translation into another language) may not be republished, translated or transmitted in any manner by recording method or information collection and retrieval system or in any way. If a person or institution attempts to do so, they will be legally responsible for the costs and losses.

This book is published with all possible efforts to make the content error-free after the author's consent. This publication is being sold on this condition and shall not be liable in any way to any person due to any mistake or omission of the author or publisher in the published book. In addition, the publisher declares that the pictures /images / illustration / abstract / clip art used on the cover and inner pages of the book have been made available by the author. Therefore, if the images used violate the copyright of any person or institution, the author will be solely responsible for it, for which the author gives full consent and agree under publishing agreement. That is, the publisher will not have any responsibility for such matters in the present or future.

संपादकीय

साझा संग्रह 'पंचरतन' आपके हाथों में सौंपते हुए हमें बहुत ही हर्ष का अनुभव हो रहा है। यह पुस्तक निस्संदेह पंचरत्न हैं जिसमे स्वर्ण, मोती, हीरा, लाल और नीलम सम्मिलित होते हैं। प्रथमत: इसमें साहित्य की (गद्य की नहीं) पांच मूल्यवान विधाएं सम्मिलित हैं– कविता, कहानी (लघुकथा), निबन्ध, संस्मरण और शोध आलेख।

कविता में सबसे अधिक अर्थ सघनता होती है, इसीलिए यह सबसे अधिक साहित्य है और साहित्य की केन्द्रीय विधा है, इसलिए संकलन में सबसे पहले रखी गयी हैं। वैसे एक महत्वपूर्ण विधा और है– आत्मकथा, जिसे इस संकलन में अवश्य होना चाहिए था, परन्तु पुस्तक के सीमित कलेवर में यह समाहित नहीं हो सकी। दरअसल, यह विधा एक स्वतंत्र पुस्तक की अपेक्षा रखती है।

द्वितीयक, इस संकलन में पांच रचनाकार सम्मिलित हैं जिनके बारे में पुस्तक में यथा स्थान परिचय दे दिया गया है।

तृतीयक, इस पुस्तक की सफलता रचना से जुड़े पांच पक्षों के योगदान पर निर्भर करेगी – लेखक, सम्पादक, प्रकाशक, आलोचक (समीक्षक) और अंतत: पाठक वर्ग।

चतुर्थ रूप में, पुस्तक के आकार ग्रहण करने में पांच पारिवारिक सम्बन्धों का ताना–बाना रचा बसा है – माता, पिता, पत्नी, बच्चे और हम स्वयं।

पांचवें रूप में (और अंतिम रूप से), इस संकलन में मानव शरीर के पांच तत्व भी घुल मिल गये हैं – पृथ्वी, जल, वायु, अग्नि और आकाश और तब जाकर तैयार हुआ है हमारा यह "पंचरतन"।

अब हम लोगों ने तो सौंप दिया। सार्थकता तो तभी सिद्ध होगी, जब प्रतिफल के रूप में अमूल्य प्रतिक्रियाएं मिलेंगी....।

हिंदी दिवस 14 सितम्बर, 2020

सम्पादक द्वय
राजेश कुमार गुप्त 'राज'
लक्ष्मण सिंह त्यागी 'रीतेश'

अनुक्रमणिका

क्रम सं.	शीर्षक	पेज संख्या

खंड - I (कविता)

	लेखक परिचय : श्री बृजमोहन त्यागी	**13**
1	प्रार्थना	14
2	प्रभु से कामना	15
3	पेड़ की व्यथा	16
4	फूल और भंवरे	17
5	किराये का कमरा (व्यंग)	18
6	समस्या और समाधान (छंद)	19
7	मैं पत्र हूँ	20
8	मैंने देखा है	22
9	रावण नही मरा करता है	23
10	ये होली का त्यौहार है	24
11	ऋतुएं	25
12	मां	26
13	हम हैं हिन्दुस्तानी	28
14	प्याज (व्यंग)	29
15	यौवन	30
16	शिक्षक केवल शब्द नहीं	31
17	सूर्य ग्रहण, चन्द्र ग्रहण	32
18	एक ही चाहत	33
19	रक्षाबंधन	34
	लेखक परिचय : बृजेन्द्र सिंह लोधी "कविराय"	**35**
20	शादी से आफत	36
21	साक्षर बेटी	37

22	सरल मशीन (विज्ञान पाठ)	38
23	कुदरत का करिश्मा	39
24	गाँव की नदियां	41
25	अपनी शक्ति पहचान	42
26	कलयुगी बूटी (चाय)	43
27	कर्म पुंज	44
28	सूरज की सीख	45
29	कपकपाती दुनिया	46
30	आज का कलयुग	47
31	गर्मी का कहर	48
32	सास बहू का राज (हास्य)	49
33	आज के नेता	50
34	नेक बनें हम	51
35	भावी संतानें	52
36	जीवन का मूल्य	53
37	नीच व्यक्ति	54
	लेखक परिचय : राजेश कुमार गुप्त 'राज'	**55**
38	अज्ञात शक्ति : मेरी भक्ति	57
39	रात्रि कालीन ग्रामयात्रा	58
40	मैं मजदूर हूँ	60
41	पढ़े लिखे कछु न होय (व्यंग)	64
42	गुलाब की कली	65
43	गजल (आपको अपनी कविता बनाएं)	66

खंड - II (निबंध)

44	'ज्ञान समान न आन जगत में सुख को कारण'	69
45	तुलसी और उनका मानस	72

खंड - III (संस्मरण)

46	केन कूल का कर्मठ कवि	79
47	शब्द और अर्थ के बीच का कवि–चित्रकार	82
48	भाषा और अनुभूति के अद्वैत का साधक	85

खंड - IV (लघुकथा)

	लेखक परिचय : लक्ष्मण सिंह त्यागी 'रीतेश'	**93**
49	सावन सोमवार	95
50	योग	96
51	जंगली लोकतंत्र	97
52	लाकडाउन	98
53	वैशाख में	99
54	कुशल गृहिणी	100
55	जलेबियां	101
56	सुपुत्र	102
57	ईमानदारी	103
58	सपने पतंग	104
59	किरायेदार	105
60	बाल मजदूरी	106
61	खुशी	107
62	करवाचौथ	108
63	रावण	109
64	पितृ सेवा	110
65	पुरानी किताबें	111
66	गुरु शिष्य का रिश्ता	112
67	कई सवाल	113
68	वापसी	114
69	मत का मतभेद	115

70	जर्सी	116
71	दो राय	117
72	सवालिया निगाहें	118
73	चाकलेट	119
74	ग्रीटिंग कार्ड	120
75	नीला आसमान	121
76	जीवन पतंग	122
77	संविधान	123
78	हवाई प्रेम	124
79	निशानी	125
80	ममत्व	126
81	रंग हीन फाल्गुन	127
82	सुहाग का रंग	128
83	छत	129
84	बेमतलब	130
85	बेलपत्र	131
86	अधटूटी डाली	132
87	माता की चौकी	133
88	राम जैसा	134
89	हनुमा	135
90	गर्मी में	136
91	ना आये सावन	137
92	रजनी	138

खंड - V (शोध आलेख)

लेखक परिचय : राजेंद्र कुमार नामदेव 'विद्यार्थी'   141

93	डॉ0 घनश्याम भारती : एक आदर्श प्राध्यापक	142
94	"कर्मयोग और ईश्वर प्राप्ति"	147

कविता

लेखक परिचय

श्री बृजमोहन त्यागी

श्री बृजमोहन त्यागी जी का जन्म 28 जुलाई सन 1985 को एक सामान्य किसान परिवार में हुआ। आपके पिता श्री महेंद्र सिंह त्यागी जी तथा माताजी श्रीमती लक्ष्मी देवी त्यागी हैं। जिला धौलपुर के गांव मूसलपुर में आपकी प्रारम्भिक शिक्षा हुई तथा दसवीं तक की शिक्षा राजकीय विद्यालय, राजपुर में तथा 12 वीं आदर्श विद्या मंदिर, धौलपुर में हुई। आगे की शिक्षा स्वंयपाठी छात्र के रूप में स्नातकोत्तर महाविद्यालय धौलपुर से हुई। एम.ए. हिंदी साहित्य से तथा बी.एड. वी के त्यागी टी टी कॉलेज धौलपुर से हुई।

अपने प्रारम्भिक जीवन मे कठिनाइयों का सामना करते हुए 12 वीं के तुरंत बाद ही आप ने शिक्षण कार्य प्रारम्भ कर दिया। बाद में निजी विद्यालय का संचालन भी किया। वर्तमान में आप उज्जैन मध्यप्रदेश में एक निजी शिक्षण संस्थान में प्राचार्य के पद पर कार्यरत हैं, और धार्मिक विचार होने के कारण आप भागवत एवं रामकथा भी करते हैं। आप के लेख और कविताएँ विभिन्न पत्र पत्रिकाओं में भी छपते रहते हैं। आपकी अपनी पहली प्रकाशित पुस्तक 'बृजकवितावली' बहुत ही श्रेष्ठ और लोकप्रिय पुस्तक है।

प्रार्थना

हे माँ वीणा वादिनी वरदान दो
अपने वीणा की अजब वो तान दो।
करते हैं माँ तेरे चरण में वंदना
दास हैं तेरे करें हम अर्चना
हम सभी को मां यही अब ज्ञान दो।
देश के हित मे जियें और हम मरें
दीन दुखियों की मां सेवा हम करें
उनको भी मां तुम उनका मान दो।
श्वेतांबर पहने है माँ कामलासिनी
ज्ञान की ज्योति जला मनवासिनी
हम मनाते हैं तुम्हें मां ध्यान दो।
हे माँ तुमको तो मनाते हैं मोहन
वीणा की झनकार से हर सबका मन
आकर के 'ब्रज' की नैया को तार दो।।
हे माँ वीणा वादिनी वरदान दो।

✑ बृजमोहन त्यागी

प्रभु से कामना

हम दुखियों को गले लगाएं, तू उनको राह दिखा देना।
हम दीनों का हाथ बटाएं, तू उनको गले लगा लेना।
हीनभावना से भरे हुए जो, उनको मान दिला देना।
हम जग में कुछ कर जाएं, ऐसी हमको शिक्षा देना।।
मैं भटक रहा था पर्वत पर तू दीनों के बीच रहा।
एक एक फूल को तू बनकर माली सींच रहा।
कोई समझ न पाया तेरी माया जो अजब निराली है।
कोई तुझको समझे या न समझे पर तू सबका मन खींच रहा।
बनकर राही दीन दुखियों का मैं उनके लिए कुछ कर पाऊं
हे मातृ भूमि मैं तेरे लिए जाकर सीमा पर मर जाऊं।
ईश्वर मेरी जन्मभूमि को तब तक तू रखना आबाद
चढ़ कर मैं बलिवेदी पर शीश चढ़ाने न आ जाऊं।।
जो है मन से संतृप्त मगर न जीने की रखते चाह।
उनकी अगर मिटा सकूं मैं सहारा बनकर के आह।
इस के काबिल मुझे बनाना इतना प्रभु रखना ध्यान
तेरी माया का ब्रज ने आज तक नहीं पाई थाह।।

✍ बृजमोहन त्यागी

पेड़ की व्यथा

मुझे मत काटो मैंने तुम्हरा क्या बिगाड़ा है
मैंने तो तुम्हें सिर्फ दिया है जब भी तुमने मुझे पछाड़ा है
ऐसी भी क्या रह गयी मुझसे सेवा में कमी
अभी न काटो अभी तो है मुझ में है नमी
तूने ही मुझको पाला तूने ही मुझको बड़ा किया
इस धरा की सेवा में तूने ही मुझको खड़ा किया
अब लेके कुठार हाथों में किस जुर्म की देता सजा
फल खाए तूने और छाया का भी लिया मजा
कितने जीव जगती के रह रहे मेरी शाखाओं पर
क्यों फेर रहे हो पानी तुम उनकी आशाओं पर
जिन्होंने अपने नीड मेरी टहनियों पर बना लिए
काटने तू उनको फिर रहा क्यों आरा लिए
उनके नीड़ों को तोड़कर क्यों तू उनको सता रहा
तेरे ऐसे ही कर्मो से ईश्वर तुझसे खपा रहा
मैं तो हूँ एक तरु मुझे फूलने फलने दो
इस वसुधा की सेवा का फल मुझको ले लेने दो
रे मानव ! तू ही तो है जो न प्रभु से भी डरता है
हरे रूख को काट कर ब्रज को सूना करता है।।

✍ **बृजमोहन त्यागी**

फूल और भंवरे

आज एक फूल खिलता सा नजर आ रहा है
उस फूल पर कोई भंवरा मंडरा रहा है
मगर अभी तो कलि खिलती ही जा रही रही है
मधुपों को ऐसी भी क्या जल्दी पड़ी है
हर अलि को लगता है पहले चूंस लूं इस फूल को
फिर यूं ही उड़ने देंगे हम इस धूल को
मगर, यह कली न किसी को जमाने देती है नजर
मधुपों के सारे नगमे हैं इस पर तो बेअसर
किसी भ्रमर की हिम्मत नहीं की जाकर चूसले उसको
क्योंकि काँटों ने चारों ओर से घेरा है उसको
उन काँटों में भी यह फूल कैसा खिलता ये जा रहा है
यह फूल मधुपों पर कहर बरपा रहा है
अलि को बंधी है धीर कली को ही देखकर
मगर अब पुष्प है तो मानेंगे चूस कर
पुष्प तू टूटेगा तो सही किसी माली पर
हमारे लिए भी खिलेगा नया पुष्प किसी डाली पर
एक पुष्प की आश में बृज सूना है
जब लगेगी पुष्पों की झड़ी तब मोहन को खुश होना है।।

बृजमोहन त्यागी

किराये का कमरा (व्यंग)

एक घर से निकल मैंने दूसरे की घंटी बजाई
कौन है कौन है कहती एक औरत निकल आई
मैंने कहा, ताई कमरा चाहिए खाली है क्या?
ताई बोली, कमरा तो है मगर साथ घरवाली है क्या?
तब साथ वाला बोला
जी नहीं हम दो ही रहेंगे और आपकी बच्ची से कुछ नही कहेंगे
ताई मुस्कुराई और बोली
मेरे बच्ची नहीं है बच्चा है और वो भी दो बेटों का चच्चा है
फिर भी भाई गृहस्थ को ही कमरा मिलेगा, पडौस खराब है
अंडा मांस खाते तो नहीं क्या पीते शराब हैं
मैं बोला,
नहीं हम तो पढने आये हैं साथ में केवल किताब लाये हैं
खाली हो कमरा तो बताओ दाम आपकी कोरी बातों से नहीं है हमें कुछ काम
ताई बोली
कमरा तो है मगर पानी नहीं है, नल चोरी के हैं आते नहीं हैं
लाईट मीटर से है हीटर चलते नहीं हैं
तभी भीतर से आवाज आई जम्फर (आंकड़ा) उतार दूं क्या माई?
दोपहर हो रही है, शाम तो नहीं है
हीटर से अब कुछ काम तो नहीं है।।

✍ **बृजमोहन त्यागी**

समस्या और समाधान (छंद)

जिनसे हम हैं घबराते उन्हें कहते समस्या हैं
जिन्हें ना पर कर पायें उन्हें कहते हैं बाधाएं।
मगर ना कुछ भी है ऐसा जिसे हम तुम न कर पायें
हौंसले हों बुलंद अपने तो ईश से भी हम लड़ जाएँ।।
आपदा ना कोई छोटी न होती है बड़ी कोई
जिससे हम हैं डर जाते समस्या होती है वो ही।
मगर हल होता है सबका कर ले जो अगर कोई
धीरज सभी समस्याओं का हल होता है हरजोई।।
समस्या आती है जीवन में मगर घबराता क्यों बंदे
पेट जो भरना है तुझको करेगा सैंकड़ों धंधे।
इसकी खातिर मानव न देखता अच्छे और गंदे
परीक्षा लेता है सबकी मोहन के हैं ये हथकंडे।।
जो डरकर कंटको से न पग आगे बढ़ाते हैं
बदल लेते हैं राहों को जो गहवरों से अघाते हैं।
देखकर गर्त को आगे जो पीछे को हट जाते हैं
वो कुछ भी कर नहीं पाते स्वप्न बृज टूट जाते हैं।।
मुश्किलों से जो घबराते जलीले खार होते हैं
बदल दें वक्त की तस्वीर वे खुद्दार होते हैं।
लाखों डूबते हैं न हवाओं के भरोसे पर
जो चप्पू खुद चलाते हैं अक्सर बृज पार होते हैं

✎ बृजमोहन त्यागी

मैं पत्र हूँ

कितना उत्साहित रहता था मैं,
जब आता था लाल पेटी से निकालने मुझे वह।
किस किस की आशा का दीपक जलने लगता था।
जब मैं अपने पथ पर आगे बढ़ने लगता था।
मन की पीड़ा, हर्ष, विषाद, उल्हास सभी।
कह देता था पहुंच कर पास मैं उनके कभी।
मां को प्यार पिता को चरण वंदन लिखता था।
कैसा भी हो बदमाश मगर मुझ में शरीफ दिखता था।
कितना भी हो कष्ट मगर सकुशल ही कहता था।
मुझे पढ़ने वाला तो भावनाओं में बहता था।
आज की पीढ़ी क्या जान पाएगी मेरी रवानी को।
कैसे समेट कर रखते थे अपनी जवानी को।
कइयों का भेद भी अनायास ही मैं खोल देता था।
जो सच होता था तो मैं सच ही बोल देता था।
आज कल सन्देश भी टुकड़ों में भेज दिए जाते हैं।
कितने ही यंत्रों के सहारे प्रेम गीत गाते हैं।
लेकिन तब हर किसी का ध्यान रखा जाता था।
बड़ों को नमस्कार छोटों को प्यार कहा जाता था।
आज न आदर है न प्यार है,
न चरण वंदन है न नमस्कार है।।
हैलो है, हाय है, ओके है, सी यू है, और गुड़ बाय है।
कैसी है ये संस्कृति जिसका कैसा भविष्य करता न्याय है।
मित्रों को लिखते समय भी अदब से पेश आते थे।
उनके माता पिता को भी चरण स्पर्श कहलवाते थे।
शब्द शब्द में रचा होता संसार था।
वह पत्र नहीं एक दूसरे का प्यार था।

कई दिनों तक उसे सीने से लगाये रहते थे।
अपनों की खबर पढ़ अनवरत आंसू बहाते थे।
आज मैं न जाने कहाँ गुम हो गया हूँ, इनबॉक्स की जेल में।
मैं तो फंसा पड़ा हूँ कम्प्यूटर में ईमेल में।
आज के औद्योगिक विकास से मैं त्रस्त हूँ।
और अब केवल नौकरी सन्देश पहुंचाने में ही व्यस्त हूँ।
कहीं मैं बीता हुआ समय तो कहीं माह, कहीं मैं सत्र हूँ।
मैं अपनी व्यथा कह रहा हूँ, ब्रज वही पुराना पत्र हूँ।

✎ **बृजमोहन त्यागी**

मैंने देखा है

गरीबों को अमीरों के पैरों तले कुचलता मैंने देखा है
विवशता, परवसी में अच्छे अच्छों को रोता मैंने देखा है।
देखा नृपों को भी मैंने सुबकते हुए
एक अबला नारी की लज्जा को बिकते हुए
निरीह बच्चों की खातिर ठिठुकते हुए
आत्मदाह कर लिए विधि ! कैसा यह लेखा है ? मैंने देखा है....
बिटिया पराई करने को, परिवार का पालन करने को
कर बांध खड़ा साहू के आगे नीलाम सर्वस्व वह करने को
घर खेत सभी लिखवा लेता, फिर भी वह सूद लगाता है
जब कर्ज नहीं चुक पाता तो वह घर को खोखा करता है। मैंने देखा है....
पढने लिखने की बात गई मंहगाई कर्ज की मार है
दो जून न खाना खा पाता वह आधा सा बीमार है
जेवर तो पहने कैसे कपडा न दिखता है तन में
सारी वर्ष की कमाई को बौहरे को तौलते। मैंने देख है......
अच्छी अच्छी पतिभओं को लाचारी और मजबूरी में
बनने चाहिए थे ऑफिसर लगे हुए हैं वे मजदूरी में
अमीरों जैसे ख्वाब तो वह भी देखता है मन में
भ्रष्टाचार की चक्की में प्रतिभा को पिसते। मैंने देखा है...
सारे आरोपों को सह जाते कुछ न मुंह से कहते हैं
हाय ! गरीब ही क्यों कष्ट यहाँ पर सहते हैं
अमीर अधिक अमीर हो जाते रंक-रंक ही रहता है
क्या गरीब बनकर जीने की ब्रज इनके हाथ में रेखा है। मैंने देखा है....

बृजमोहन त्यागी

रावण नही मरा करता है

प्रतिवर्ष जलाने पर भी क्यों ये रावण नहीं मरा करा करता है।
पाखण्ड, द्वेष और अहंकार का प्रतिदिन जो तांडव करता है।
रावण नहीं मरा करता है।
जो माँ, बहनों की इज्जत लूटें, जेल से जो बेल पर छूटें।
ऐसे कुकर्मियों के दिल का, श्रावण सदा हरा रहता है।
रावण नहीं मरा करता है
उस रावण का दोष ही क्या था, केवल दम्भ उसे इतना था।
सारे देव बंधे हैं लंका में, इंद्र भी नीर यहां भरता है।
रावण नहीं मरा करता है।
बहन की इज्जत का बदला लेने की गलती वह भी कर बैठ था।
इज्जत का बदला इज्जत से ले रावण यह कर नहीं सकता है।
रावण नहीं मरा करता है
क्या रावण ने कभी सिया को, जबरन हाथ लगाया था।
उसने तो एक स्त्री को, स्त्रियों से ही डरवाया था।
लेकिन आज का रावण निज मित्रों संग इज्जत भंग किया करता है।
रावण नहीं मरा करता है
सत्य, महाबल और राजनीती का रावण सच्चा पुतला है।
लेकिन आज के दुःशासन ने निज पैरों से कुचला है।
अपना बेटा गैरों की बेटी की कितनी इज्जत किया करता है।
रावण नहीं मरा करता है
जो चलता है राममार्ग पर रामराज्य स्थापित करने को।
कितने राम आज लगे हुए हैं भारत माता का दुःख हरने को।
आतंकियों के सामने भी जो सीना कर दे उसे कौन हरा सकता है।
रावण नहीं मरा करता है।

बृजमोहन त्यागी

ये होली का त्यौहार है

होली आई होली आई संग में ढेरों खुशियाँ लाई
चरों और मचा हुड़दंग और रंगों की बौछार है
ये होली का त्यौहार है
हिन्दू, मुस्लिम, सिक्ख, इसाई सबने मिलकर के मनाई
सभी जगहों पर मिलकर गेट राग मल्हार हैं
ये होली का त्यौहार है
गले मिलें सब बटें मिठाई चेहरों पर है रौनक आई
रंग बिरंगा चेहरा लेकर घूम रहा घर बार है
ये होली का त्यौहार है
इन त्यौहारों पर तो आती नहीं नींद
एक तरफ गुड फ्राई डे एक तरफ है ईद
कैसी तीनों की भरमार है, ये होली का त्यौहार है
राजा रंक सब हो समान अब मना रहे हैं होली
लेकर लाल गुलाल अब निकल पड़ीं है टोली
सबका सम व्यवहार है, ये होली का त्यौहार है
नेता लोग सभी को देखो देते मुबारकबाद
आप तो आबाद हो रहे देश करें बर्बाद
कैसी कैसी ये सरकार हैं ये होली का त्यौहार है
इसे भी माहौल में करा ये देंगे दंगे
कुछ जन तो घूम रहे हैं इनकी बदौलत नंगे
जनता से बृज इनको नाहीं सरोकार है । ये होली का त्यौहार है

बृजमोहन त्यागी

ऋतुएं

बरसात गयी आ गया हेमंत, अब कीचड़ का होगा अंत
मगर ये क्या गह्वर गहरे लगा रहे सड़कों पर पहरे
आती है फिर शीत तुरंत, बरसात गयी आ गया हेमंत
जर्सी ऊनी, स्वेटर मौजा पहन के टोपा तैयार हो जा
सर्दी में अच्छी लगती आग, नहीं सुहाते उपवन बाग
इसके बाद आई बसंत तब सर्दी का होगा अंत
पत्तियां सूखकर टूटन लागीं नई कोंपलें फूटन लागीं
गदराने लग गयी फसल बात समझ में आई असल
अब साहू से होगी भिडंत, तब कर्जे का होगा अंत
गर्मी के अब तेबर बाढ़े लोगों ने पंखा कूलर काढ़े
तन पर नहीं वसन है एक रोया आसमाँ इनको देख
तब बूँद धरा पर लगीं पडंत, अब गर्मी का होगा अंत
बिन बरसात कहीं ना पानी, बात यही तो सबने मानी
बिन पानी सब सून है भाई देखो दुबारा बारिस आई
धन्यवाद हो तुम्हें भगवन्त, अब सूखे का होगा अंत
लगे सिहाने देख फसल, आ गयी ठिकाने सबकी अकल
बिन वर्षा नहीं होंगे दाने, नाच होगा न होंगे गाने
ब्रज में बसे हुए हैं संत, अब पापों का होगा अंत
सर्दी गर्मी और है वर्षा, पावस ऋतु सबका मन हर्षा
इनका बना हुआ है क्रम फिर क्यों नही मानव करता श्रम
श्रम होता है ब्रज सदा फलन्त, अब कष्टों का होगा अंत

— बृजमोहन त्यागी

मां

मां, मां एक शब्द नहीं है एहसास है।
मां, मां बच्चों के मन का विश्वास है।
मां, मां चाकू है, कटार है, ढाल है।
मां, मां अपने बच्चों के हित काल का भी काल है।
मां, मां जननी है, वसुधा है, पालनहार है।
मां, मां नहीं बच्चों का संसार है।
मां, मां दुनियाभर से लड़ सकती है।
मां, मां पूजा है, अर्चना है, भक्ति है।
मां, मां बच्चे के लिए पल पल तड़पती है
मां, मां दुर्गा है, काली है, आदि शक्ति है।
मां, मां तो ईश्वर का साक्षात्कार है।
मां, मां का सृष्टि पर पूरा अधिकार है।
मां, मां कोई शब्द नहीं है एक आस है।
मां, मां हमारे होने का अहसास है।
मां, मां है तो ही विश्वास है।
मां, मां का रिश्ता ही सबसे खास है।
मां, मां ममता है, माधुर्य है एक कहानी है।
मां की महिमा तो ईश्वर ने भी नहीं जानी है।
मां, मां एक पाठ है, कविता है, किताब है।
मां, मां का प्यार तो बेहिसाब है।
मां, मां भजन है, सुर है, ताल है।
मां, मां आरती है, घण्टी है, थाल है।
मां, मां नदी है, सरोवर है, सागर है।
मां, मां के बारे में लिखना बस एक गागर है।
मां, मां बच्चे का भोजन है, निवाला है।
मां मन्दिर है, मस्जिद है, चर्च है, शिवाला है।

तो मां की महिमा अनन्त है अपार है।
मां, मां एक बच्चे का पूरा संसार है।
मैं मां के चरणों का वंदन करता हूँ।
दुनिया की सभी माताओं का अभिनन्दन करता हूँ।
मां, मां का हमारे जीवन में एक कर्ज है।
मां, मां किसी की भी रो न पाए यही फर्ज है।
बृजमोहन आज माँ को शीश झुकाता है।
माँ कभी दुखी न हो यही प्रण करवाता है।

✎ बृजमोहन त्यागी

हम हैं हिन्दुस्तानी

आज भारत माँ के सपूत हो खंड खंड यहाँ रहते हैं
इसीलिए तो भारतवासी सबकी धमकी सहते हैं
हम पंजाबी, मद्रासी,उड़िया,बंगाली राजस्थानी
लेकिन कोई ना कहता है कि हम सब हिन्दुस्तानी हैं
कोई हिन्दू, कोई मुस्लिम, बौद्ध, पारसी, जैनी हैं
सबके अंदर है धर्म घुसा पर धर्म –धर्म की छैनी है
कहीं धर्म कहीं भाषा कहीं राज्य भावना पैनी है
भारत खंडित करने की यह भावना सबको भुलानी है
हम सब हिन्दुस्तानी हैं
दिल्ली गूंजी मुम्बई गूंजी जयपुर में गूँज रही चीखें
जहाँ भी देखन को मैं जाऊं उत लाशें ही लाशें दीखें
ये गोलीवारी ये बमवारी यहाँ बहती नदियाँ खूनी हैं
कर देते हैं ये आतंकी कई माताओं की गोदी सूनी है
ये आतंकी सब ही कहते हैं की हम तो पाकिस्तानी हैं
हम सब हिन्दुस्तानी हैं
जाती भाषा वेश धर्म में बाँट दिया है देश को
राजनीति कुछ ऐसी हो गयी बदल दिया परिवेश को
हिन्दू भाजपाई मुस्लिम कांग्रेस में बाँट दिए
वैमनस्यता के खंजर ने मानव दिल तो काट दिए
किस किस मैं बात करूँ सबकी यही कहानी है
हम सब हिन्दुस्तानी है
मिलकर रहना मिलकर चलना नहीं किसी को नीचा तौल
अगर कहीं है हिन्दुस्तानी तो भारतमाता की जय बोल
जो भी फूट हममें डालेगा उस की पोल हम खोलेंगे
गूंज उठेंगे धरती अम्बर जब हम भारतमाता की जय बोलेंगे

बृजमोहन त्यागी

प्याज (व्यंग)

हे मेरे देश के परम भक्त तुम किस पर करते नाज है
कष्ट कलेश नहीं रुलाते रुलाते तो दाल और प्याज है
एक गरीब अन्नदाता का कोई नही सरताज है
कर्ज से वह दुखी नहीं उसे रुलाती ब्याज है
भ्रष्टाचारी, रिश्वतखोरीसजा यहाँ सब साज है
जो जितना अधिक लेता उसका उतना अच्छा राज है
खाना खाए कैसे मानव मंहगाई का दौर है
जहाँ शुकून मिलेगा उसको ऐसा कौन सा ठौर है
अब तो कलम उठाओ मोहन डरता क्यों है समाज से
हर मानव के आंसू निकले केवल दाल और प्याज से
जैसा मौका था पहले वैसा ब्रज रहा नहीं है आज
काजू बादाम दूर की बातें खा नहीं सकते हैं प्याज
एक निवेदन है जनता से परिवार नियोजन तुम कर लो
मंहगाई न खलेगी तुमको खुशियों से आंगन भर लो
बेटा जैसा ही बेटी पर कर लो अब सब नाज है
कभी किसान को तो कभी गरीब को रूलाती रहती प्याज है।

बृजमोहन त्यागी

यौवन

यौवन वक्त है ऐसा कि कमा लेगा ये नर पैसा
गुजर गया जो तेरा यौवन रहेगा जैसे का तैसा
बुढ़ापा देख कर रोयेगा और तू पछितायेगा
खा, पी, मौज कर प्यारे कुछ ना साथ जायेगा
जवानी रुक न सकती है, मजा ले ले तू इस क्षण का
करे रतनार ये सबको खिले मन आज हर कण का
देख ले जो तेरे लोचन लगें ये तीर की भांति
मोहब्बत हूर से होती देखती नहीं ये जाति
घटाएं सावन जैसी लगें इन काले बालों की
यौवन चढ़ रहा परवान क्या लाली है गालों की
ढहाती जुल्म युवाओं पर आज बढती जवानी है
अवला बच वही पाती जिनकी आँखों में पानी है
यौवन सब पर आता है नहीं रहता है ये टिककर
कुछ मेहनत से कमाते हैं कुछ कमाते हैं बिक बिक कर
इस यौवन को प्यारे क्यों तू व्यर्थ में खोता
देख कर हालत इस जग की बृज मोहब्बत पर रोता है

बृजमोहन त्यागी

शिक्षक केवल शब्द नहीं

शिक्षक केवल शब्द नहीं है यह आत्मा है हर जन की।
यह जल है ज्ञान पिपासों का भोजन है मर्मज्ञ क्षुदाओं का।
माता ही सबकी पहली शिक्षक है आभार सभी माताओं का।
जिन गुरुओं ने हमको ज्ञान दिया बन्दन है उनके चरणों का।

गुरु शब्द नहीं लघुता का यह विशालता का है प्रतीक।
जड़ चेतन का जो भान कराए गुरु देता है सीख ठीक।
शिक्षा देने वाले हर उस गुरु को का मन से ब्रज आभारी है।
गुरु के लिए सिर्फ एक दिन क्या यही संस्कृति हमारी है।।

यूं तो शिक्षक अपने आप में स्वयं ब्रह्म का द्योतक है।
लेकिन मर्यादा जो त्यागे गुरु नहीं राक्षसी बोधक है।
जो निज कुकर्मों से सब गुरुओं का मान घटाते हैं।
वे शिक्षक कैसे हो सकते हैं वे तो समाज के कंटक हैं।।

✍ **बृजमोहन त्यागी**

सूर्य ग्रहण, चन्द्र ग्रहण

कोई लड़का किसी लड़की के चक्कर लगाये
कोई खलनायक उनके प्यार में टांग अडाये
ये बात, हमें अच्छी तरह समझ में आती है।
लेकिन यार ...... ये पृथ्वी
सूर्य के चक्कर क्यों लगाती है।
अपने को आकुल व्याकुल किए, मिलन की कामना लिए
एक लम्बे समय के बाद पूरी करने मुराद
जब इसका सूर्य से मुलाकात करने का अवसर आता है
तो ये बदमास चन्द्रमा दोनों के बीच में घुस जाता है
यह ओछेपन की निशानी है, लगता है किसी फिल्म की कहानी है
फिल्मों में भी बिलकुल इसी तरह के दृश्य रहते हैं
विश्व वाले इसे ही सूर्य ग्रहण कहते हैं
सूर्य स्वभाव से गम्भीर है, शरीर से बलिष्ठ है, वीर है
पृथ्वी से कई गुना बड़ा है, इसीलिए पृथ्वी की नजरों में गढ़ा है
अगर वह पृथ्वी को अपनाये रूप शशि का समुचित लाभ उठाये
तो दोंनोंका पति-पत्नी सा सुंदर जोड़ा बन जाता है
लेकिन ये चंद्रमा है तो पृथ्वी से चौथाई लेकिन उसके चक्कर लगाता है
और पृथ्वी जब अपने बचाव के लिए सूर्य के सामने आ जाती है
तब पट्ठा पृथ्वी के पीछे छिप जाता है
मतलब सूर्य से डरता है, यह सरासर कायरता है
बृज दिल आशीष के कारनामे इसी प्रकार के रहते हैं
पृथ्वी वाले इसे ही चंद्रग्रहण कहते हैं।।

बृजमोहन त्यागी

एक ही चाहत

जो समाया है मेरे दिल में मेरे मोहन वही तुम हो
मैं ढूंढता हूँ तुम्हें जग में तुम न जाने कहां गुम हो
जिसे पाने की चाहत में जग सारा लगा रहता
मुझे चाहत न उसकी है बृज की चाहत तो बस तुम हो
तुम जहाँ रहते हो वो ब्रज दिल आशियाना है
कहीं हमें भूल तो नहीं जाते यही हमें आजमाना है
भूलकर भी तुम्हें हमको याद रखना होगा मोहन
रूठ जाये चाहे दुनिया तुम्हें तो आ ही जाना है
यहाँ पर मेरी चर्चा है वहन पर तेरी चर्चा है
एक नजर देख लूं तुझको आये कोई न खर्चा है
तेरी सूरत निहारे बिन मुझे ना चैन पड़ता है
मिल जब हम तुम जाएँ तो फिर बृज की ही चर्चा है।।

✍ **बृजमोहन त्यागी**

रक्षाबंधन

जो न कभी बंध पाया तीर और तलवार से
बृज वह तो बंध गया धागे के एक तार से।।
त्यौहारों के देश भारत का करता बृज शत शत बंदन
कर जोड़कर आप सबका ही करता हूँ मैं अभिनन्दन
इस भारत में सुन लो भाई दो ही त्यौहार गजब के हैं
एक तो भैया दूज होली की दूजा है रक्षाबन्धन।।
बहना की रक्षार्थ हमने राखी कलाई पर थामी है
जीवनभर हम लाज रखेंगे भरते आज ये हामी है
मेरी तरफ से ओ बहना ये तोहफा तुझको देता हूँ
तुझे कष्ट ना होने देंगे चाहे देनी पड़े कुर्वानी है।।
रक्षा पर्व पर भाई बहन का यूं ही प्यार उमड़ता है
जैसे सावन भादों में ये घन श्याम घुमड़ता है
बृज को शीतल करता है ये रिमझिम रिमझिम वर्षा कर
राखी की कीमत है चुकाने दिल भाई का धडकता है
बहन की अभिलाषा
भाई मेरे राखी का तुम चाहे मोल नहीं देना
जब भी आऊँ द्वार तुम्हारे मीठे बोल नहीं देना
जब जब रक्षापर्व पर आऊँ इतना फर्ज निभा देना
मेरे राखी के धागे को बृज तुम तौल नहीं लेना।।

✍ **बृजमोहन त्यागी**

लेखक परिचय

बृजेन्द्र सिंह लोधी "कविराय"

कवि बृजेन्द्र सिंह लोधी "कविराय" का जन्म सन् 2 जुलाई 1981 को चम्बल अंचल के गाँव हीरापुरा हेट, तहसील गोरमी, जिला भिण्ड (म.प्र.) में सामान्य किसान परिवार में हुआ।आपके पिता स्व. श्री महेंद्र सिंह लोधी (भूतपूर्व सैनिक) एवं माता श्रीमती राजबाला देवी (गृहिणी) हैं।

आपकी प्रारम्भिक शिक्षा दीक्षा गाँव के ही शासकीय प्राथमिक विद्यालय में हुई और शास० वा० उ० मा० वि०, गोरमी से बारहवीं कक्षा उतीर्ण करने के बाद आपने भिण्ड जिले के जैन कॉलेज एम.जे.एस. कॉलेज से बी.एस.सी. तथा एम.एस.सी. पूर्ण की।

विध्यावती कॉलेज से बी.एड. की शिक्षा पूर्ण की और 8 नवम्बर 2006 को आपकी नियुक्ति शासकीय अध्यापक के रूप में पन्ना जिले में हुई वर्तमान में आप शासकीय हाईस्कूल, सुकांड, जिला भिण्ड में पदस्थ हैं। आपकी कविताओं से ग्रामीण अंचल की भाषा का पूर्ण पोषण होता है। कविताएँ सामाजिक तथा मानवीय मूल्यों पर आधारित हैं।

E-mail : brajendrasingh470@gmail.com

Mob.: 7804039009

शादी से आफत

शादी कबहूँ ना करियो भैया, शादी है बर्बादी रे।
एक बार फंस गये जाल में, फिर न इससे निकलें रे।
ब्याह शादी राग बड़ा, जो मकड जाल से भारी रे।
शादी का राग बड़ा रपटीला, बच-बच पैर रखें तो रे।
जिनने करली हंस कर शादी, फिर रोना पछताना रे।
शादी से तो लक्ष्य भटकता, मोह माया में फंसे तो रे।
ब्रह्मचर्य को भंग तो करती, यौन मिलन तो करती रे।
पर जोश भी धीमा हिम्मत हारे, शादी चैन भगाती रे।
सोच रहे थे शादी करके, बड़ा आराम मिलेगा रे।
यहाँ तो इससे उल्टा हो रहा, फुरसत कभी न मिलती रे।
जिम्मेदारी पीछे पड गयी, और नाती बेटा लड़ते रे।
जेब मेरी तो खाली हो रही, बीबी मांग बढ़ाती रे।
जन्म जन्म का ले लव ठेका, अब तो पेट भरो तो रे।
ऐसा फंसा शादी का चक्कर, सारी उम्र निकल गयी रे।
शादी होते ही बीबी आती, खर्चा का अम्बार लगे रे।
पहले बच्चे फिर तो नाती, इनका पोषण करों तो रे।
बीबी बच्चों की खातिर, परदेश गुलामी करनी रे।
शनै शनै आमदनी घटे, घर परिवार भी खूब बढ़े।
बच्चों का ध्यान रखें हरदम, इसी में जीवन गया तो रे।
चार लोग और चार ही बातें, फिर झट तू तू मैं मैं होना रे
फरियाद सुनें और कान भी फूटें, घरवाली तांडव करती रे।
कथा सुनते निकली जिन्दगी, शादी अजब ठिठोली रे।
शादी कबहूँ न करना भैया, शादी है बर्बादी रे।

✍ **बृजेन्द्र सिंह नरवरिया**

साक्षर बेटी

देश की बेटी इज्जत होती,
इसको हमें पढ़ाना है।
निरक्षरता के अंधकार में,
साक्षर ज्योति जलाना है।
जागरूपजब युवा बनेंगे,
घर–घर दस्तक देना है।
जहाँ भी अनपढ़ बिटिया है,
उन मात–पिता को समझाना है।
छोटी प्यारी बिटिया का,
शाला में नाम लिखाना है।
जब अपना फर्ज निभाएं सभी,
बस एसी लहर दौड़ाना है।
सुख सुविधा की कमी न आवे,
बस यही बात सिखलाना है।
पढ़ लिख कर मेरी बिटिया को,
समाज में आगे आना है।
साक्षर बनेगीं मेरी बिटिया,
ख़ुशी देश को मिलना है।
बिटिया बनेंगी शिक्षित नारी,
तभी समाज सम्भलना है।
शिक्षित नारी करें कर्म,
तब देश उन्नति करना है।

✍ बृजेन्द्र सिंह नरवरिया

सरल मशीन (विज्ञान पाठ)

सुन लो भैया एक कहानी,
सरल मशीन बनी है नानी।
बल आघूर्ण पर कार्य है करती,
घर वालों का ध्यान भी रखती।
कैंची, प्लास, संडासी देखी,
घर–घर में ये दस्तक देती।
सरल मशीन तिन भाग बनाती,
उत्तोलक, आनत, पहिया लती।
उत्तोलक दो तीन प्रकारा,
सबका अलग है भाई चारा।
प्रथम प्रकारा बड़ा निराला,
कैंची, तराजू, झूला लाला।
द्वितीय प्रकारा मन को भाया,
ट्रैक्टर ट्रोली सरोता लाया।
तृतीय प्रकारा नच कर आया,
चिमटी झाड़ू फावड़ा लाया।
आनत तल भी बड़ा होशियारा,
स्क्रू,पेच बना है साला।
पहिया साथी ऐसा गाता,
घिरनी से तो पानी आता।
पुरखा दद्दा सभी तो कह गये,
बल की दिशा बढ़ाती है।
सबका हाथ बटाती है,
सरल मशीन कहलाती है।

बृजेन्द्र सिंह नरवरिया

कुदरत का करिश्मा

रंग बदलती प्रकृति भैया,
कभी धूप कभी छाँव रे।
हवा का बहना बरसे पानी,
बिजली बादल गर्जन रे।
कोयल कू कू गाये रे,
मन को अच्छी भाए रे।
हिलते वृक्ष महकते फूल,
गुंजन करते भौंरे रे।
चले बयार झूमे शाल,
पक्षी चहके मतवाले रे।
हुआ सवेरा जागे पक्षी,
पशु भी करते विचरण रे।
लहराती हरियाली झूमे,
वृक्ष दिनों-दिन दे खुशहाली।
कहीं कोहरे का आलम छाये,
कभी गर्मी बिलकुल न भाए।
घमासान कहीं जंगल देखे,
कभी खेतों में हरियाली रे।
कहीं पहाड़ कहीं घाटी रे,
कहीं वृक्ष कहीं पाती रे।
रंग बिरंगी बाली रे,
सुंदर लगती फुलवारी रे।
इतना सब कुछ लिखने पर,
बोले बिजेंद्र कविराय।
सत्य को खोजा सत्य मिला ना,
सत्य से भैया हारे रे।

सत्य रूप कुदरत में देखा,
उसमे ईश्वर आये रे।।

✒ **बृजेन्द्र सिंह नरवरिया**

गाँव की नदियां

गाँव की प्यारी छोटी नदियाँ, सबकी प्यास बुझाती हैं।
कल कल करती बहती नदियाँ, जीवन चलना सिखाती हैं।
उंचे नीचे पहाड़ और घाटी, इा पर जोश दिखाती हैं।
सागर में मिलने की खातिर शांत स्वर में बहती है।
सागर में मिलकर ये नदिया फिर सागर ही कहलाती है।
गाँव की प्यारी छोटी नदियाँ, सबकी प्यास बुझाती हैं।
कल कल करती बहती नदियाँ, नया मार्ग दिखलाती है।
गाँव की लाडली छोटी नदिया , फसलों को सींचा करती हैं।
खेत खलियान फसल खड़ी है, धन धान्य तो करती है।
पानी ही जिंदगानी होता, अमृत बहाकर लती है।
जीव-जन्तु और पशु-पक्षी की, सबकी प्यास बुझाती है।
सीधी सादी ये नदिया, जीवन में हाथ बढाती है।
गाँव की प्यारी छोटी नदियां, प्रकृति संतुलन लाती है।
नदियों की यह बहती धारा, उमंग जोश दिखलाती है।
हगको पाठ सिखाती नदियां, जीने की कला सिखाती है
गाँव की प्यारी छोटी नदियाँ, सबकी प्यास बुझाती हैं।
जल दाता बनती ये नदिया, परोपकार अपनाती हैं।
जीना आसान बनाती नदियां, हिम्मत जोश बढ़ाती हैं।
गाँव की प्यारी छोटी नदियाँ, सबकी प्यास बुझती हैं।

बृजेन्द्र सिंह नरवरिया

अपनी शक्ति पहचान

उठो जवानों अलख जगा दो, एक बार चीनी हिल जाएँ।
भेद भाव का जख्म मिटा दो, एक बार चीनी हिल जाये।
बनो जवान त्याग कर सबमत, दिल में ऐसी ठान ले।
दिया हमें क्या बीजिंग ने, दिल में अपने जान ले।
हर आभाव में रहना सीखें, मेहनत कर्म से खाते हैं।
हर पाकिस्तानी हर चीनी से, हम निस दिन लूटे जाते हैं
ऐसा करो उपाय सभी मिल, ताकत का वीटो हिल जाये
जय जवान और जय शक्ति का, अब उद्घोष जगा दो तुम।
कराची हो या बीजिंग हो, सबको चने चबा दो तुम।
शक्ति युवा के अंकुर को, अब हिमालय राज बना दो तुम
आतंकित काले अंग्रेजों को, जम्मू से दूर भगा दो तुम।
पाक अधिकृत कश्मीर में, आतंकी अड्डे खत्म करो।
सहयोग भी देते आतंकियों को, वह पीली चीनी भी हिल जाये।
धोखा देते छल कपट भी करते, पीछे से घायल भी करते
कराची में अपराधी पनपें, फिर खूब प्रशिक्षण देते हैं।
वीटो की धमकी दे दे कर, भारत को डराया करते हैं।
ऐसा करो प्रयास जवानो, उसका बीजिंग हिल जाये।
एसी कमठ एकता लायें, पाक अधिकृत डर जाये।
सोचो अपने इस देश में, अब्दुल अटल और राम हैं।
मगर नही परदेश में कोई, अपना मान सम्मान है।
रीढ़ विश्व की टूट रही, यह नहीं किसी का ज्ञान है।
लदा हुक्म से मरने तक को, अब मजबूर जवान है।
समय चाहता है जवान से, अब वह अंगारा बन जाये।
उठो जवानो अलख जगा दो, एक बार चीनी हिल जाये

बृजेन्द्र सिंह नरवरिया

कलयुगी बूटी (चाय)

चायना देश में जन्मी चाय, सिर पर चढ़कर आज तो गाये।
चाय ने किया सभी को बस में, विश्व पताका ही फहराए
चाय या काफी किसी रूप में, स्वाद में दुनिया इतराए।
चाय बड़ी अनमोल है बूटी, पिए स्वाद तो आये।
कलयुग की तो टोनिक यह है, इसका नशा कभी ना जाये।
अतिथि दोस्त जब घर में आयें, प्रेम भाव और चाय पिलायें।
मेवा मिसुरी जान ना पायें, चाय गजब है जग बतलाये।
चाय पियें तो फुर्ती आये, आलस्य सुस्ती को ठुकराए।
चाय तो पीकर नींद न आये, भूख प्यास सब शांत कराये
सिर दर्द जुकाम जब होता जाये, चाय को पीकर राहत पायें।
चाय पियें तो मन मचलाए, पाचन सम्बंधी रोग बढाये।
पेट केंसर चाय से होता, पागलपन के लक्षण आये।
चाय वीर्य को पतला करती यौन शक्ति भी निर्बल होए।
चाय के अंदर कैफीन तो आये, हृदय रोग कब्ज वात बढ़ाए।
पित्त की पथरी बनाये, रक्त विकार चाय से आए।
इतना सब कुछ लिखने पर बोले बिजेंद्र कविराय।
हाथ जोड़कर विनती करते, चाय को भैया ना अपनाएं।
इस आफत से भैया छुटकारा पायें, चाय को कर दें गुड बाय।
अपना जीवन धन्य बनाएं।

✑ **बृजेन्द्र सिंह नरवरिया**

कर्म पुंज

गीता के उपदेश को पढ़,
कृष्णा के संदेश को सुन।
जग का है बस एक ही नाम,
कर्म शक्ति है कर्म प्रधान।
कर्म से मुक्ति कर्म से भक्ति,
कर्म से मिलते हैं भगवान,
कर्म ज्ञान है, कर्म है पूजा।
कर्म से मानव लगी लगन।
दुनिया टिकी कर्म पर भाई,
कर्म संग ही रहना है।
कर्म मान और कर्म है इज्जत,
कर्म से मिलता है सम्मान।
क्रिया कर्म से कर्म करोगे,
कर्म से लगता है ईश्वर ध्यान।
इतना सब कुछ लिखने पर,
बोले बृजेन्द्र कविराय।
अच्छा बुरा जैसा करोगे,
वैसी बनती है पहचान।
मरने पर भी याद रहेगी,
कर्म-कीर्ति और यशमान।।

✎ बृजेन्द्र सिंह नरवरिया

सूरज की सीख

सूरज देता हम सबको रौशनी, काली रात मिटाता है।
सुबह होत नींद को तोड़े, विस्तर से हमें उठाता है।
सबको देता प्रकाश बराबर, भेदभाव नहीं करता है।
इसी सीख पर सबको चलना, भेदभाव नहीं करना है।
घनी अँधेरी रात है सांपिन, कर्म विघ्न तो डाले रे।
समय से उगकर रात भगाए, कर्म सवेरा करता रे।
सुबह सुबह पशु पक्षी जागें, चल फिर पेट तो भरना रे।
जब मानव को ज्ञान सिखाता, फिर क्यों मूर्ख तो बनता रे
अंधकार को खत्म तो करना, ज्योति पुंज जलाता रे।
सूर्य समय से करे तो सेवा, हमको सिख सिखाता रे।
समर्पित भाव से करें सेवा, हमको यही बतलाता रे।
हाथ पैर नहीं सूरज के, फिर भी फर्ज निभाता है।
मानव के सब अंग हैं पूरे, फिर कर्म विमुख क्यों होता है
इतना सब कुछ लिखने, बोले बृजेन्द्र कविराय।
सूर्य देव को नमन तो करके, फिर अंत ध्यान से करता हूँ
असमान भेद भाव खत्म तो करके, कर्म की शिक्षा लेता हूँ।

✍ **बृजेन्द्र सिंह नरवरिया**

कपकपाती दुनिया

बरषा विदा शरद तो आई, मन भवन मौसम हुआ तो।
दिन छोटे और रात बड़ी, काम तो पूरे हुए ना रे।
सुबह नजारा दिख ही पाया, तब तक शाम हो गयी रे।
सुबह शाम सर्दी तो लागे, बाहर निकलना मुश्किल रे।
पानी बने बर्फ का गोला, छुये ठण्ड तो लागे रे।
नहाने धोने का मन ना करता, शरीर कपकपी लेता रे।
जीव जन्तु और पशु और पक्षी, सभी तो ठंड से कंपते रे
शीत ऋतु की अजब ठिठोली, कोहरा वर्षा आंधी रे।
बूंदा बांदी बदरी करती, फिर सर्दी हुनर दिखाती रे।
कोहरा आये धुंध तो लाये, दिन का पता चले न रे।
ओस कोहरा पाला पड़ता, खेतों में फसल मुरझाती रे।
दिन का ताप सूनी तो रहता, बर्फ की वर्षा होती रे।
ठंडक लती इतनी सर्दी, है गर्मी की दुश्मन रे।
सूर्य बने चाँद तो जैसा, धूप चांदनी लगती रे।

🖎 **बृजेन्द्र सिंह नरवरिया**

आज का कलयुग

कलयुग की कलह को देखो, कैसे झूम रही है।
मानो जैसे इंसानों की इज्जत डूब रही है।
दिन दहाड़े लूट पाट, ठग चोरी होती हैं।
इंसानों के चेहरे पर, ख़ामोशी होती है।
चलते चलते छेड़ दें, माँ बहनों के सम्मान को।
कोई न कहता कोई न सुनता, अब इनके अपमान को।
कोई नेता कोई अफसर, सब हैं ढोंगी राज में।
रिश्वत खाते पेट बढ़ाते, इस कलयुग संसार में।
ढोंगी हों या पाखंडी हों, सब अपनी शान दिखाते हैं।
रूढ़ीतन्त्र में फंसा है भारत, प्रजातंत्र न अपनाते हैं।
बड़े बड़े उध्योगी देखे जिनका ऊँचा नाम है।
पोल खुले तो पता चले, ये कितने बदनाम हैं।
इतना सब कुछ लिखने पर, बोले बृजेन्द्र कविराय।
कलयुग ने तो कसा शिकंजा , सब पर माया राज दिखाता।
गोह गाया के चक्कर में, सबका गला दबाता।
भाई को भाई ना भाता, पिता पुत्र को न सुहाता।
बस ऐसा कलयुग आता, बस ऐसा कलयुग आता।

बृजेन्द्र सिंह नरवरिया

गर्मी का कहर

हाथ बचाओ इस गर्मी से, हाथ बचाओ इस गर्मी से
हाय तौबा ये गर्मी रे, हाय तौबा ये गर्मी रे ।
मन को न ये भाती रे, जी को भी मिचलाती रे ।
तन को भी तो जलाती रे, आग की लपटे उगलाती रे ।
हाथ बचाओ इस गर्मी से, हाथ बचाओ इस गर्मी से
शाम होत कछु ढलती जाये, रात हॉट कछु राहत आये ।
सुबह होत पैदा होवे, दोपहरिया में रूप दिखे ।
गर्मी के तो हाहाकार से, जल थल नभ सभी सहमे ।
बाहर तो निकले उमस बढ़े, आत पसीना तन जले ।
गर्मी तपन और उमस बढ़े, जीव जन्तु को हवस करे ।
सूर्य देव तो आग ही उगले, गर्मी की तो वर्षा करे ।
पानी मिले न कोसों दूर ऐसी आती है गर्मी ।
पानी किल्लत घर घर देखे, सबको सताती है गर्मी ।
जिव जन्तु और मेंढक पक्षी, सबको हवस बनाती गर्मी ।
शाल,पलास वृक्ष भी देखें, सबके ऊपर मडराती गर्मी ।
पड़े उमस और चले बयार, लापत रूप में महके गर्मी ।
बूढ़े बच्चे साँस न लेते, इनको करती बैचेन ये गर्मी ।
सूर्य देव हैं इतने क्रोधित, वर्षा करते हैं तो गर्मी ।
आग उगलती लपट चले, सबको जलाती है ये गर्मी ।
झुलसे हुए अंदाज, कहे बृजेन्द्र कविराय ।
दुनिया में हो सुख और शांति, ऐसी इच्छा में रखता हूँ ।
जीवजन्तु की उमस मिटाओ, ऐसी आस मैं रखता हूँ ।
गर्मी से भैया जगत बचाओ, ऐसी विनती करता हूँ ।

✎ **बृजेन्द्र सिंह नरवरिया**

सास बहू का राज (हास्य)

सास बहू की राम कहानी दुनिया सारी जाने।
सास बहू घर में आये संकट को न्यौता दे आये।
एक दूसरे पर नजर रखें, लड़ने की भाई कमर कसें।
पल भर भैया बात न बने तनातनी दिन रात रहे।
सुख शांति कभी न भाए, लड़ने को भी आगे आये।
बच बच होत लड़ाई कभी न इनमे बनती भाई।
भौहें तनी और आँखें लाल, नाक सिकोड़े गाल फुलाए।
दांत पीसकर मुंह चलाये, लड़ने को तो भागती आये।
एक दूसरे पर रौब दिखाए, खुद को काली रूप बताये।
कभी आंसुओं की बौछार करे, कभी रोने का अम्बार भरे
कभी तू तू मैं मैं की रट सीखें, कभी छीना झपटी में सिर पीटें।
जब सास लदे और बहू लडे, तो पास पडौसी भी डरे।
मानव की क्या औकात रे, जो इनके बीच पड़े।
खुद भी चैन में रह न पाए, घर वालों को तंग कराये।
गलती सास बहू ही करें, घर वालों का नाम धरें।
संसार के इस कडवे सच में कौन कहाँ बच पाए।
सास बहू के इस झगड़े से, राम बचाए राम बचाए।
दुखभरे अंदाज में, कहे बृजेन्द्र कविराय।
युगों युगों से चलते आये, युगों युगों में चलेंगे।
इस पुराणी रीति को, कोई नहीं बदलेंगे।
सास बहू के युद्ध में कितने घर बर्बाद हुए।
संकट की काली घटा मिटायें, सास बहू को एक कराएँ।
घर की तरक्की विकास कराएँ, सास बहू का पाठ कराएँ

✍ **बृजेन्द्र सिंह नरवरिया**

आज के नेता

आज के नेता बड़े हैं भोले, कुर्ता पहने गलियों में डोले।
आया चुनाव वोट भी मांगे, वोट के लिए हाथ पसारे।
आनाकानी पर भीख भी मांगे, खत्म चुनाव लात मारे।
जीत जाये तो मुंह से न बोले, पास जाये तो काटने दौड़े
सुना धुनी सब की ही करे, पर अपनों का ही काम करे।
ईमानदारी की बात करे, और बेईमानी पर हाथ रखे।
जनता के वोट पर आये, और जनता को नोच कर खाए
कहे बृजेन्द्र कविराय, ऐसे नेताओं को मार भगाओ।
देश की किस्मत तुम चमकाओ, आगे बढ़कर देश बचाओ।
देश बचाओ देश बचाओ, अमन शांति देश में लाओ।

✍ **बृजेन्द्र सिंह नरवरिया**

नेक बनें हम

न किसी से दोस्ती, और न किसी से वैर भाव।
सबका आदर करना है, सबसे रखें दया भाव।
क्रोध घृणा को बेचकर, प्रेम मोहब्बत अपनाव।
निंदा की आदत छोड़कर, अच्छे बुरे में भेद भाव।
ईर्ष्या जलन सब भूलकर प्रेम भाव को गले लगाव।
कमजोरी और आलस्य छोडो, बुरे आचरण और भटकाव।
जीवन भर भैया कर्म करो, आलस्य सुस्ती को ठुकराव।
लालच से तो बचेंगे हम, मेहनत कर्म का खाव।
घूसखोरीऔर गुंडागर्दी, इन सब पर अंकुश दिखलाव।
परोपकार का काम करेंगे, दिन हिन् को न भटकाव।
यदि कोई दिखे कष्ट में सेवा करेंगे निस्वार्थ भाव।
दीन हीन यदि घर में आये, खाना पीना और प्रेम भाव।
धर्म विज्ञान को जोड़कर धर्म विज्ञानी अपनाव।
अज्ञानता के अंधकार को, शिक्षा से सब दूर भगाव।
समाज में फैले असमानता को, ज्ञानवान से एक कराव।
अच्छे देश के नागरिक बनकर, भारत देश का सम्मान बढ़ाव।

बृजेन्द्र सिंह नरवरिया

भावी संतानें

प्यारे बच्चो, प्यारे बच्चो, देश की तुम सन्तान हो।
भावी नागरिक तुम हो देश के, बचपन में शैतान हो।
फिर भी तुम महान हो, फिर भी तुम महान हो।
प्यारे बच्चो, प्यारे बच्चो, देश की तुम सन्तान हो।
ज्ञान के मन्दिर में पहुंच कर, सरस्वती का ध्यान करोगे।
राष्ट्र निर्माता के संग रहकर, जीवन में मुस्कान भरोगे।
प्यारे बच्चो, प्यारे बच्चो, देश को तुम महान करोगे।
ज्ञान की ज्योति जलाकर अंधकार को दूर करोगे।
अज्ञानता की परिपाटी को, बुद्धि से चकना चूर करोगे।
प्यारे बच्चो, प्यारे बच्चो, देश को तुम महान करोगे।
प्यारे बच्चो, प्यारे बच्चो, देश की तुम सन्तान हो।

✎ बृजेन्द्र सिंह नरवरिया

जीवन का मूल्य

पुण्यकर्म से मिला है जीवन, इसका महत्व समझना है।
पल दो पल अनमोल हैं बंदे , व्यर्थ गंवा नहीं देना है।
सम्भल सम्भल कर पैर तो रखना, शूलों से भी बचना है
कष्ट व्याधि जीवन भर पड़ना, इन सबसे तो लड़ना है।
जीवन में सब कलह तो आयें, संयम नहीं छोड़ना है।
जलन ईर्ष्या कभी न करना, प्रेम भाव से रहना है।
खान पान तो सिमित रखना, मदिरा पान से बचना है।
गाड़ी वाहन खूब चलाना, पर धीमे चलकर रुक जाना है
हेल मेल व्यवहार बनाना, सदा ज्ञान का पाठ पढ़ाना है।
मेहनतकर पैसा कमाना, बेईमानी से बचना है।
जब तक मिले न मंजिल अपनी, आराम कभी ना करना है।
लक्ष्य साध कर आगे बढना, लक्ष्य भेद कर रुकना है।
थोडा सा हम समय निकालें, प्रभु का नाम भी जपना है
मोह माया में डुबो उतना, जितने में काम निकलना है।
इतना सब कुछ लिखने पर, बोले बृजेन्द्र कतिराया।
यदि यश कीर्ति पाना है, तो परोपकार अपनाना है।
वाणी मधुर बोलकर भैया, बिगड़ी बात बनाना है।

बृजेन्द्र सिंह नरवरिया

नीच व्यक्ति

नीच व्यक्ति के नीच विचार, ज्ञान कल्पना सब बेकार।
सट्टा, बट्टा ताश से प्यार, जूआ जुआरी हरदम यार।
वैर भाव और लड़ाई दंगा, निंदा चुगली में होशियार।
ताश खेलकर समय निकाले, हारो जीतो कुछ तो यार।
खुद भी अनपढ़ बच्चे अनपढ़, नीच व्यक्ति का ऐसा चक्कर।
काला अक्षर भैंस बराबर, ज्ञान तो लेने में है कायर।
आलसी निठल्ले सुस्तीदार, घूमना-फिरना और बतियार।
गरीबी छाई घर पर आज, उस पर करें न कोई विचार।
सुबह शाम या दोपहर रात, गांजा अफ़ीम का बड़ा उपकार।
शराब तो पीकर बनें तो शायर, थूके दुनिया कैसा कायर
जुआ शराब को पैसे आज, नहीं तो पत्नी को पीटामार।
इतना सब कुछ लिखने पर, बोले बृजेन्द्र कविराय।
मांस मसाला जुआ शराब, नीच व्यक्ति ना सुधरे यार।
नशा तास ने करे बर्बाद, अब इनको कौन उठाये यार।

✍ **बृजेन्द्र सिंह नरवरिया**

लेखक परिचय

राजेश कुमार गुप्त 'राज'

राजेश कुमार गुप्त 'राज' जी लेखक, शिक्षक, साहित्यकार एवं समीक्षक है। आपका जन्म 15 दिसम्बर 1976 को अजयगढ़, जिला – पन्ना (मध्यप्रदेश) के एक मध्यमवर्गीय परिवार में हुआ। आपके पिता श्री रमेश चंद्र गुप्त (सेवानिवृत्त प्रधानाध्यापक) एवं माता श्रीमती सुशीला देवी (सामान्य गृहिणी) हैं। आप चार भाई बहनों में सबसे बड़े हैं। आपकी स्कूली शिक्षा अजयगढ़ के सरकारी विद्यालय में हुई और पन्ना के शाराकीय छत्रसाल महाविद्यालय से बी.एस.सी. (गणित) एवं एम.ए (हिंदी) पूर्ण किया। आप छात्र जीवन में एक मेधावी छात्र रहे हैं। हाईस्कूल और हायरसेकंडरी में मेरिट स्कालरशिप प्राप्त हुई और जिला स्तरीय निबन्ध तथा भाषण प्रतियोगिता में विजेता रहे हैं। भारतीय जन नाट्य संघ (इप्टा) द्वारा प्रशस्ति पत्र भी प्रदान किया गया। महात्मा गाँधी चित्रकूट ग्रामोदय वि.वि. चित्रकूट से बी.एड. की शिक्षा पूर्ण की। आपने बी.एस.सी., एम.ए. और बी.एड. में कालेज स्तर पर प्रथम स्थान प्राप्त किया। प्रतियोगिता परीक्षाओं की तैयारी करने के लिए कुछ वर्ष इलाहाबाद में भी रहे जिससे लब्ध प्रतिष्ठ साहित्यकारों के सान्निध्य में रहने का सुअवसर भी प्राप्त हुआ। 30 जून 2006 को आपकी नियुक्ति वरिष्ठ अध्यापक

के पद पर शास. बालक उ.मा. विद्यालय, अमानगंज (जिला – पन्ना) में हुई वर्तमान में आप शास. रुद्रप्रताप उत्कृष्ट उ.मा. विद्यालय पन्ना में उच्च माध्यमिक शिक्षक के पद पर कार्यरत हैं। आपने विद्यालयीन साहित्यिक-सांस्कृतिक पत्रिका 'हीरांचल' (हीरकण) का सम्पादन कार्य किया है। इसके साथ ही रचनात्मक साहित्य के अध्ययन, सृजन एवं समीक्षा में भी संलग्न रहते हैं। अब तक अनेक रचनाएँ राष्ट्रीय स्तर की पत्र-पत्रिकाओं में प्रकाशित हो चुकी हैं और भारत सरकार के सूचना एवं प्रसारण मंत्रालय के अंतर्गत कार्यरत प्रकाशन विभाग द्वारा पुरस्कृत भी किया जा चुका है। आपने हिंदी साहित्य से यू.जी.सी.- नेट एवं एमपी स्लेट की परीक्षा भी उत्तीर्ण की है।

ई-मेल : rajesh1panna@gmail.com

मो. : 9424737590, 8770874677

अज्ञात शक्ति : मेरी भक्ति

जब तू सामने आती है,
नीचे नयन हो जाते हैं।
डरना पड़ता है कि कहीं, नेत्र चार हो जाते हैं।।

अज्ञात शक्ति मिलाती है,
नया उमंग छा जाता है।
फिर भी कुछ भूल जाता हूँ, मन तुझमें ही रम जाता है।।

पर होती हो अचानक गायब क्यों,
मैं समझ नहीं पाता हूँ।
दर्शन दुबारा चाहूं पर, साथ-साथ घबड़ाता हूँ।।

खतरा न होने पाए,
हे सृष्टि पालन कर्ता।
गुझे तेरी शक्ति पर, विश्वास है दुखहर्ता।।

✍ **राजेश कुमार गुप्त 'राज'**

रात्रि कालीन ग्रामयात्रा

रजतमय भूमि थी झिलमिलाता अम्बर,
हर्षित मन से प्रविष्ट हुए ग्राम परिधि के अंदर।
वन व्यापित वीथिका थी ग्राम तक,
स्वतंत्र धूल के कण उड़ रहे मानो बेशक।
सरिता का वह कल कल स्वर,
चेत रहा था सकल चराचर।
आगे खेतों का क्या कहना,
फसल खड़ी थी बन गाँव का गहना।
मंद मंद महकी मरुत आती थी,
हिय तरु को झुला जाती थी।
उत्तर दिशा में किया प्रस्थान,
एक पाठशाला मिली महान।
ग्राम शिक्षा की थी वह आधार,
पर शासन का था दारुण प्रहार।
दक्षिण में चमकता वह कंगूरा,
मंदिर जीर्ण शीर्ण और अधूरा।
पर उसमें भी सच्ची आत्मा, प्रमन करती थी
जो ग्रामीणों में उमंग उत्पन्न करती थी।
पास वहीं पर एक सरोवर,
ग्राम का प्राचीन धरोहर।
ग्राम मध्य तरु विशाल के नीचे,
वह चौपाल बरबस ही खींचे।
कह रहा था पंचों के निर्णय की कहानी,
जो पृथक करते थे दूध का दूध पानी का पानी।
ग्राम वासियों का था उस पर अटूट विश्वास,
हमें हुआ सच्ची लगन का आभास।

तभी ये क्या? पश्चिमी पर्वत पर,
सारा आकाश ग्रहण किये था रक्ताम्बर।
हमने देखा कि विलग हुई रजनी रवि से,
ज्यों अंत विवश होती है कविता कवि से।।

✑ राजेश कुमार गुप्त 'राज'

मैं मजदूर हूँ

मैं तुम लोगों से कितना दूर हूँ?
जो तुम लोगों के लिए खराब है,
वह मेरे लिए पेय शराब है।
इसे पी-पीकर मैं निराला हो गया हूँ,
तुम्हारी काली करतूतों से काला हो गया हूँ।
फिर भी मुझ में उज्ज्वलता है,
बार बार की चोटों से यह शरीर मेरा निखरता है।
मुझे कोई नही देखता मैं सबको देखता हूँ,
इन अमिट रेखाओं में रेखता हूँ।
कारण क्या है?
कि मेरी तरफ ध्यान नहीं दिया जाता,
बस तुम्हारे चार नौकरों की तरह,
ख्याल नहीं किया जाता।
अक्सर सुना जाता है कि मैं बहुत क्रूर हूँ।
हर क्षण बताने की कोशिश में हूँ।
क्या करूं? मैं मजबूर हूँ।।। 1।।
मैंने जो जीवन का अनुभव किया है,
सारे जग को दिया है।
मुझे ढूंढते हैं लोग कंगूरे पर,
मैं अनवरत लगा हूँ नींव में।
नहीं जाना है मुझे किसी मोर्चे पर,
सब दौड़ रहे हैं, कदम मिला रहे।
बस जुटा निर्माणों की दुनिया में,
दम पर दम लगा रहा हूँ।
मुझे मतलब नहीं अपनी कामनाओं से,
बस साहब का सिर ऊँचा रहे।

सुख मेरा इसी में है दुख मेरा इसी में है,
कहते हैं मैं बड़ा हूँ, चालाक हूँ।
श्रीमान को घुमा रहा हूँ
सुनने को मिलता है, वीर बड़ा महाशूर हूँ।
मुझे कहने में कष्ट होता है,
मैं तुम लोगों से कितना दूर हूँ।। 2।।
मुझ पर व्यंग कसा जा रहा है,
श्रीमान को बड़ा मजा आ रहा है।
मैं आजाद नही हूँ, आबाद नहीं हूँ।
मेरा घर बड़ा आलीशान होता है (शायद आप जानते होंगे)
पर उसमें भी सच्ची आत्मा शयन करती है।
दिल महान होता है
मेरी बच्ची रोती है
मेरा बच्चा रोता है
पर श्रीमान कितना ख्याल रखते हैं
मन मेरा उनके लिए रोता है
मेरा छोटा सा घर सड़कों की नजरों से दूर
मैं उसी में बड़ा प्रसन्न हूँ
परिस्थितियां ऐसी आती हैं भगवान को लगता है
मैं मरणासन्न हूँ
पर नहीं भगवान धोखे में हैं
ऐश्वर्य में है आराम के खोखे में हैं
मुझे अभी युग निर्माण करना है
सारी सृष्टि जनना है
मैं खुश हूँ पर
नहीं जन्नत की हूर हूँ
मैं तुम लोगों से कितना दूर हूँ।। 3।।
सब मेरी ओर ध्यान नहीं देते, क्यों ?

सभी कल्पना में दौड़ रहे हैं,
मैं यथार्थ को जड सहित पकडे हूँ
पर उसको चेतन करना
फिर भी सब लोगों की ओर से धरना
सभी अंधाधुंध की दौड़ में दौड़ रहे हैं।
किये हैं दोनों आँख नीचे
पाने को भाग रहे हैं
पर औरत, शौहरत, दौलत के पीछे
पर मुझे छोटी सी अपनी दुनिया के अलावा
मतलब नहीं है चाहे वह हो
कंचन कीर्ति और कामिनी की काया
ये तीन प्रकार की होती है माया
पर एक बात है यदि मैं इनमें आया
देश तो क्या सारी सृष्टि का उठ गया साया
मेरा अनुमान है कि सब लोग
निर्मित सुन्दरता न देखें
पर उस सुन्दरता की नियमितता की
निर्मितता के कारण सहित प्रसिद्धता देखें
मैं पूरी दुनिया की असफलता की
सुन्दरता का ककनाचूर हूँ।। 4 ।।
मालूम पडा है कुछ क्रांतियाँ हुई हैं
राजनैतिक नेता उभरे हैं
पर वह तो पहाड़ जैसे दुखों में
सुखों की सूई है
क्योंकि जमाना चालाक हो गया है
वह मेरी आड़ में मेरे नाम से याक हो गया है
मेरे लिए मजदूर यूनियन, किसान संगठन, समाजवादी पार्टी
साम्यवादी दल काफी हैं

बस आप लोगों की चांदी ही चांदी है
हर कोई भविष्य की उज्ज्वलता को देखता है
बस मैं भी अपने सपनों में बसे
समानता बन्धुत्व और खुशहाली वाले
भारत को देखता हूँ
मेरे पास आने की कोशिश करो
मैं इक्कीसवीं सदी का स्वागत करता हूँ
परन्तु इस कंगूरे की सुन्दरता वाले मामले में
मैं तुम लोगों से कोसों दूर हूँ
पिता किसान, मैं मजदूर हूँ।। 5 ।।

✍ **राजेश कुमार गुप्त 'राज'**

पढ़े लिखे कछु न होय (व्यंग)

पढने लिखने में क्या रक्खा है,
अनपढ़ आनन्द मना रहा।
जो सुख घर बैठे अज्ञान में
वह कोलाहल से ज्ञान में कहाँ?
तभी तो बेरोजगारी, आरक्षण से वह दूर है।
उस पर न्यौछावर कोटिक जन्नत की हूर है।
देश पर क्या समस्या है, आया कौन तातर है।
सभी समस्या उसके लिए, एक सी बराबर है।
है न उसे भूत का पश्चाताप , न भविष्य का ध्यान।
बस वह देख रहा है, आज कल का दरम्यान।
सुखी जीवन जनता है, तभी तो वह कहता है
'पढ़े लिखे कछु न होए, हल जोते कुठला भर होए।।

✍ **राजेश कुमार गुप्त ' राज'**

गुलाब की कली

पलक झपकाई ही थी मैंने
कि देखा सामने यौवन सवेरा था
टहलने निकल पड़ा मैं
दूर कुछ सुंदर सी परछाईं
नजर आ रही थी
प्यारी सी मुस्कुराहट
बिखेर रही थी
छटा ऐसी बिखेरी, खुद ही शरमा रही थी
पास से देखा, गुलाब की कली, खिलखिला रही थी

✒ राजेश कुमार गुप्त ' राज '

गजल (आपको अपनी कविता बनाएं)

कोई बताये कैसे आपको अपनी कविता बनाएं।
चाँद हमारे सामने है, चांदनी भी बिखर रही है,
फिर भी असमंजस में कैसे, प्रेम की सरिता बहायें।
खुदा की है ये अद्भुत रचना, खुद को खो बैठे हैं,
कितना लाज सौन्दर्य भरा ,तभी ये वनिता कहाएँ।
हमारा चमन भी यों, ही चमकने लगे,
कहाँ से ऐसी रौशनी-ए-सविता लाएं।
है परीक्षा की घड़ी, प्रश्न पत्र बिगड़ रहे,
हम भी कुछ कर सकें, आप ऐसी संहिता बताएं !
पद्य बहुत पढ़े हैं हमने, छंदों को भी छेड़ा है,
फिर भी सोचते हैं कैसे, आपको अपनी कविता बनाएं।

✒ राजेश कुमार गुप्त ' राज'

निबंध

'ज्ञान समान न आन जगत में सुख को कारण'

(ज्ञान के समान जगत में सुख का कारण नहीं है)

मनुष्य एक मननशील प्राणी है। उसने निरंतर अपनी कार्यरत बुद्धि के द्वारा अनेक क्षेत्रों में विकास किये। उसने अनेक कलाओं को जन्म दिया जैसे- भवन निर्माण कला (वास्तु कला), मूर्ति कला, चित्रकला, संगीतकला, काव्य-कला आदि। इनमें से काव्य-कला अर्थात साहित्य कला सर्वोत्तम है। साहित्य के द्वारा ही मनुष्य में स्वत्व, आत्मा व परत्व की अभिव्यक्ति होती है। मनुष्य की शिक्षा सबसे महान उपलब्धि है। शिक्षा के द्वारा ही उचित ज्ञान का अनुभव होता है। शिक्षा से ही मनुष्य विकसित हुआ है।

जीवन संग्राम की दौड़ में सबसे आगे साबित हुआ। ज्ञान ने मनुष्य को सर्वोत्कृष्ट बनाया। मनुष्य ऐसी विद्या और ऐसे ज्ञान का ऋणी है जिसने पृथ्वी से लेकर आकाश तक के पदार्थों का ज्ञान कराया। आज ज्ञानी व्यक्ति ही अनेक प्रकार के सुख निरंतर ज्ञान वृद्धि के द्वारा प्राप्त कर रहा है।

अज्ञानता मनुष्य के लिए अभिशाप है। अज्ञानी व्यक्ति अपना विकास नहीं कर सकता। वह अपने को नहीं पहचान सकता। कहा भी गया है "विद्या विहीन पशु:" अर्थात विद्या और ज्ञान से रहित व्यक्ति पशु के समान है। ज्ञान के बिना मानव को मानव कहना अनुचित है। सुमति से अनेक प्रकार की सुख सुविधाएँ मिलती हैं। मनुष्य उस मार्ग पर चलता है जिससे वह विकसित और समृद्ध हो, जबकि कुमति मनुष्य को अनेक प्रकार की समस्याएं और विपदाएं घेरे रहती हैं। तुलसी दास ने 'मानस' में कहा भी है " जहाँ सुमति तहं सम्पति नाना, जहाँ कुमति तहां विपति निधाना।" सुमति और कुमति बुद्धि के दो रूप हैं। कुमति को सुमति में ज्ञान के द्वारा ही बदला जा सकता है। अज्ञानता ने हर परिवार को अपनी चपेट में ले लिया है। अज्ञानता से परिवार का विकास अवरुद्ध हो जाता है। लोग रुग्ण और गंदगी युक्त हो जाते हैं। अनेक बीमारियाँ और गृह- कलह पनपते हैं। कबीर दास जी भी कहते हैं कि-

कबिरा इस संसार को समझाऊँ कै बार।
पूंछ जो पकड़े भेड़ की, उतरा चाहे पार।।

अज्ञानता से हमारा राष्ट्र पतन के गर्त में झुक रहा है। अज्ञानता के कारण ही राष्ट्र को

भाषावाद, आतंकवाद, निर्धनता, साम्प्रदायिकता व जनसंख्या वृद्धि आदि अनेक समस्याओं ने घेर रखा है। राष्ट्र की दशा पर ही राष्ट्रकवि मैथिलीशरण गुप्त ने आंसू बहाकर कहा था-

> "क्या थे हम क्या हो गये हैं, और क्या होंगे अभी।
> आओ सब मिलकर विचारें, ये समस्याएं सभी।।"

ज्ञान ने मनुष्य को मनुष्य बनाया। ज्ञान से मनुष्य यथार्थ को समझ सका। कूपमंडूकता से उठकर बाहरी दुनिया में आ सका। ज्ञान से मनुष्य को आत्मदर्शन की अभिव्यक्ति हो सकी। सुमति ने ज्ञान को पकड़ा और ज्ञान के मार्ग पर चली तथा प्रगति प्राप्त की। सुमति से ही अनेक प्रकार की सुख सुविधाएं आ सकती हैं और राष्ट्र उन्नत हो सकता है। आज वही राष्ट्र आगे है जो शिक्षित है। शिक्षा से ज्ञान प्राप्त होता है। इस ज्ञान द्वारा ही मनुष्य अपने जीवन को सुखी, समृद्ध, और आनन्दमय बना सकता है। ज्ञान के द्वारा मनुष्य अपना उज्ज्वल भविष्य देख सकता है। ज्ञान के द्वारा ही मनुष्य में से भाषावाद और साम्प्रदायिकता की भावनाएं जा सकती हैं। सुशिक्षा से हमें प्रगतिपथ में साधन व सतोगुणी ज्ञान प्राप्त होता है। शिक्षा द्वारा दिए गये सद्ज्ञान से ही राष्ट्र प्रगतिपथ पर अग्रसित हो सकता है। अतः हम कह सकते हैं कि-

> सबसे प्रथम कर्तव्य है, शिक्षा बढ़ाना देश में।
> शिक्षा बिना ही आज हम, पड़ रहे हैं क्लेश में।
> शिक्षा बिना कभी कोई, बन सका न सत्पात्र है।
> शिक्षा बिना कल्याण की, आशा दुराशा मात्र है।

शिक्षा के अद्भुत सतोगुणी ज्ञान द्वारा ही हम 'असतो मा सद्गमय' की कल्पना को साकार कर सकते हैं। ज्ञान प्राप्त करके हम अपनी विकसित परम्परा को पा सकते हैं। ज्ञान से भारत पुनः 'सोने की चिड़िया' और जगद्गुरु बन सकता है। ज्ञान से हम नालंदा व विक्रमशिला जैसे विश्वविद्यालयों के ज्ञान व शिक्षकों का उच्च स्तर पा सकते हैं। ज्ञान से हम गुलामी की रेखा व पराधीनता का कलंक मिटा सकते हैं।

अंत में निष्कर्षतः कहा जा सकता है कि ज्ञान के समान इस संसार में कोई दूसरा सुख नहीं है। ज्ञान ही भक्ति है। ज्ञान ही ईश्वर है, ज्ञान ही सत्य है, ज्ञान ही आनन्द है, ज्ञान ही मुक्ति है।

गीता में भगवान श्री कृष्ण ने कहा है– "न हि ज्ञानेन सदृशं पवित्रं विधते।" अर्थात ज्ञान के समान इस ब्रह्माण्ड में कोई पवित्र वस्तु नहीं है। विद्या और ज्ञान ही मनुष्य को सब प्रकार की विपदाओं व मायापाश से मुक्त कर सकता है। विद्या से ही मनुष्य की पहचान होती है। कहा गया है–"सा विद्या या विमुक्तये।" अर्थात विद्या वही है जो मनुष्य को सब प्रकार के बन्धनों से मुक्त कर सके। मनुष्य जो उपलब्धियां प्राप्त कर सका और विज्ञान के क्षेत्र में जो प्रगति कर सका उसका मूल कारण मनुष्य की ज्ञान प्रवृत्ति है। यदि मनुष्य ने इस प्रवृति का उपयोग किया तो दानव से श्रेष्ठ मानव बनेगा जिस पर अज्ञान व अकर्मण्य देवता भी तरसेंगे। ज्ञान चाहे जिस साधन से प्राप्त किया जाये उससे मनुष्य के सुख और स्वास्थ्य की उन्नति होगी।

" ज्ञान में यदि 'अ' जोड़ दिया गया तो मनुष्य अकर्मण्य हो जायेगा जबकि 'सु' जोड़कर प्रयोग किया गया, तो सुख–सम्पत्ति से समृद्ध हो जायेगा।।

✍ **राजेश कुमार गुप्त ' राज '**

तुलसी और उनका मानस

मध्ययुगीन भारत में हिन्दू धर्म का हृदय दीपक निराशा के क्रूर थपेड़ों से बुझ गया था। उसका विगत आत्मगौरव व प्रचंड साहस मृत्यु की राह टटोल रहा था। साथ ही हिन्दुओं के धार्मिक एवं सामाजिक जीवन की श्रंखला छिन्न भिन्न हो गई थी। वर्णाश्रम की पावन प्रथा अतीत में विलीन हो गई थी। धर्म का नकली चोला धारण कर ढोंगी साधु समाज को पतन के गर्त में धकेल रहा था। ऐसी भीषण परिस्थितियों में तत्कालीन हिन्दू समाज तलवार की मूंठ को छोड़कर ईश्वर की ओर कातर दृष्टि से ताक रहा था, केवल इस आशा का आधार लिए की जिन राम और कृष्ण ने इस पावन वसुंधरा की असुरों के दुर्दयनीय अत्याचारों से मुक्ति दिलाई थी, वे राम और कृष्ण क्या आज इन विदेशी आक्रान्ताओं के क्रूर प्रहारों की वेदना से आर्तनाद करती भारत माता को पुन: एक बार नवजीवन प्रदान न करेंगे? क्या हिन्दू धर्म पहले के समान पुन: सामाजिक, धार्मिक और राजनैतिक सूत्र में बंद न हो सकेगा?

अंत में ईश्वर के दरबार में हिन्दुओं की यह याचना स्वीकृत हुई और उनके सुप्त प्राणों में नवजीवन का संचार करने हेतु गोस्वामी तुलसीदास का आविर्भाव हुआ। वे एक ऐसे प्रकाश पिंड थे, जिसकी प्रखर किरणों ने निराशा की महानिविडतम से विलोड़ित हिन्दू धर्म के हृदय को ज्योतिर्मय बना दिया। उन्होंने राम का साकार रूप विश्व के खुले मंच पर अवतरित कराकर हिन्दुओं के भग्न हृदय में एक ऐसी दृढ आशा का संचार कराया, जो सदियों के कुलिश प्रहारों की चोटों से भी न टूट सकी। उनके प्रखर व्यक्तित्व ने धर्म और भक्ति का ऐसा मधुर समन्वय स्थापित किया जो युग युग तक अपनी आभा विखेरता रहा।भारतीय संस्कृति और साहित्य के अमर गायक गोस्वामी तुलसीदास का नाम इस संसार में कौन नही जानता। वे भारत के प्रत्येक जन के हृदय में विराजमान हैं। उनकी देश विदेश में आलोचकों ने मुक्त कंठ से प्रशंसा की है। श्री हरिऔध जी ने कहा है–

"कविता करके तुलसी न लसे,
कविता लसी पा तुलसी की कला"।।

तुलसीदास के जन्म के विषय में अनेकमत प्रचलित हैं। अब तक के अनुसंधानों में डा. ग्रियर्सन के अनुसार तुलसी का जन्म सन 1532 अर्थात संवत 1589 में उ प्र के बांदा जिले के

राजापुर ग्राम में हुआ था। उनके जन्म के सम्बन्ध में निम्न दोहा प्रचलित है –

"पन्द्रह सौ नवासी विसे, कालिंदी के तीर।
श्रावण शुक्ला सप्तमी, तुलसी धरेउ शरीर"।।

कुछ लोग उनका जन्म स्थान सोरों जिला एटा मानते हैं। वे जाति से सरयूपारी ब्राह्मण थे । उनके पिता का नाम आत्माराम दुबे तथा माता का नाम हुलसी बाई था। उनके माता, पिता के नाम के विषय में रहीमदास ने लिखा है–

सुरतिय, नरतिय, नागतिय , सब चाहति अस होय।
गोद लिये हुलसी फिरे, तुलसी सा सुत होय।।

तुलसी का शैशव बड़ी कठिनाइयों में व्यतीत हुआ। उनके माता, पिता ने उन्हे अशुभ मूल नक्षत्र में पैदा होने के कारण त्याग दिया था। कहते हैं कि जब ये धरती पर आये तो पांच वर्ष के बालक की भांति रोये और मुख से राम–राम शब्द निकल रहे थे। यही कारण है कि इनके बचपन का नाम 'रामबोला' रखा गया था। माता पिता द्वारा त्याग दिए जाने के कारण बाबा नरहरि दास ने इनका लालन–पालन किया। उन्ही की कृपा से इन्होने वेदांत दर्शन, भाषा साहित्य, पुराण, इतिहास आदि विषयों का गहन अध्ययन किया। इनका विवाह दीनबन्धु पाठक की विदुषी पुत्री रत्नावली से हुआ। अपने यौवनकाल में ये अपनी पत्नी पर विशेष अनुरक्त थे। यहाँ तक कि वे उसके बिना एक क्षण भी नही रह सकते थे। एकबार उनकी अनुपस्थिति में रत्नावली अपने पितृगृह चली गई। तुलसी जी पत्नी वियोग न सह सके और तत्काल ही आधी रात के समय अपनी पत्नी से मिलने जा पहुंचे। पत्नी उनके इस कार्य से अत्यंत ही लज्जित हुई और उन्हें धिक्कारते हुए कहने लगी –

लाज न आवत आपको, दौरे आयहु साथ।
धिक्-धिक् ऐसे प्रेम को,कहा कहों मैं नाथ।।
अस्थिचरम मय देहमम, तामें ऐसी प्रीत।
तैसी जो श्री राम में, होति न तो भव भीति।।

रत्नावली की व्यंग्योक्ति उनके हृदय में ऐसी बिंध गई कि वे सर्वस्व त्याग कर काशी चल दिए और वहाँ वैरागियों की भांति जीवन व्यतीत करने लगे। उन्होंने शास्त्रों का अध्ययन किया। काशी के अतिरिक्त प्रयाग, चित्रकूट, अयोध्या आदि तीर्थ स्थानों का भ्रमण किया। इसी बीच अयोध्या में सन 1574 अर्थात संवत 1631 के लगभग उन्होंने रामचरित मानस जैसे अमर काव्य की रचना की। इसके अतिरिक्त विनय पत्रिका, दोहावली, कवितावली, गीतावली, कृष्ण गीतावली, बरवै रामायण आदि काव्य ग्रन्थ भी तुलसी की अमर लेखनी द्वारा प्रणीत हुए। अंतिम दिनों में वे काशी आ गये थे। सन 1623 अर्थात संवत 1680 में इनका निधन हो गया। इनके निधन के विषय में निम्न दोहा प्रचलित है–

संवत सोलह सौ असी, असी गंग के तीर।
श्रावण कृष्णा तीज शनि, तुलसी तजेउ शरीर।।

तुलसी अनन्य भक्त, समाज सुधारक तथा महान विचारक थे। उनकी लोकप्रियता का प्रधान आधार उनका अमर काव्य है। उनके काव्य की सबसे बड़ी विशेषता समन्वय की भावना है। उनके काव्य को समन्वय की विराट चेष्टा कहा गया है। अपने समन्वयवादी दृष्टिकोण के कारण ही वे लोकनायक के आसन पर आसीन हुए। हजारी प्रसाद द्विवेदी के शब्दों में, "लोकनायक वही हो सकता है जो समन्वय कर सके क्योंकि भारतीय जनता में नाना प्रकार की परस्पर विरोधिनी संस्कृतियाँ, साधनाएं, जातियां, आचारनिष्ठ और विचार पद्धितियां प्रचलित हैं। बुद्धदेव समन्वयकारी थे। गीता में समन्वय की चेष्टा है और तुलसीदास भी समन्वयकारी थे। लोक संग्रह का भाव तुलसी की भक्ति का अभिन्न अंग था। तुलसी ने " सगुनहिं अगुनहिं नहिं कछु भेदा।" कहकर सगुण तथा निर्गुण भक्ति में समन्वय स्थापित किया। "भगतहिं ज्ञानहिं नहीं कछु भेदा" के द्वारा ज्ञान और भक्ति को समान बता कर उनमे कर्म का समन्वय किया इसीलिए उनकी भक्ति कृष्ण भक्त कवियों की तरह एकांगी न होकर सर्वांगपूर्ण है। उन्होंने द्वैत, अद्वैत तथा विशिष्ट्द्वैत में समन्वय स्थापित किया। उस युग में प्रचलित शैव, शाक्त तथा वैष्णव मतों के पारस्परिक मतभेदों को समाप्त किया। इन्होने राजा–प्रजा, माता, पिता, भाई–बहन, मित्र–शत्रु आदि सभी में सामंजस्य स्थापित किया। साहित्य के क्षेत्र में उन्होंने सत्यं, शिवं तथा सुन्दरम का माधुर्यमय समन्वय किया। पाश्चात्य समीक्षक ग्रियर्सन ने ठीक ही लिखा है कि बुद्ध देव के बाद भारत में सबसे लोकप्रिय लोकनायक तुलसीदास थे।

तुलसी के आराध्य मर्यादा पुरुषोत्तम भगवान राम हैं। उन्होंने दास भाव की राम भक्ति का संदेश दिया है। विनय पत्रिका में दास्य भाव की भक्ति का पूर्ण सफल वर्णन है। भाषा, अर्थ गौरव एवं पाण्डित्य तीनो दृष्टियों से विनय पत्रिका अपना विशिष्ट स्थान रखती है। इनकी भक्ति में प्रेम, विनय, आसक्ति तथा शरणागति की प्रवलता के साथ-साथ दैन्य का प्राधान्य है। वे तप, संयम, प्रेम, विश्वास .श्रद्धा, भगवतरूपा, शरणागति आदि को भक्ति का प्रमुख साधन स्वीकार करते हैं। इस सन्दर्भ में श्री वियोगी हरी का कथन सटीक है, "तुलसी की काव्य मंजूषा के भीतर सुरसिक भक्त पारखी कैसे विलक्षण रत्न पा सकता है, यह बात कहने की नहीं अनुभव की है"। तुलसीदास जी ने धर्म के स्वस्थ रूप को सामने रखकर अपने काव्य की रचना की है। श्यामसुन्दर दास ने तुलसी के व्यावहारिक धर्म की विशेषता पर प्रकाश डालते हुए कहा है कि, "उन्होंने जन जन को ऐसे सरल व्यावहारिक धर्म का मार्ग दिखाया, जिस पर वे अपने सांसारिक कर्तव्यों का पालन करते हुए भी सुगमता से चल सकते थे। इसीलिए आज भी तुलसी हिन्दू जाति के स्मृति पटल पर अमित रूप से अंकित हो गया है।"

तुलसी के काव्य में करुण, शांत, वीर, हास्य, भयानक आदि सभी रसों का सुंदर परिपाक हुआ है। उनका भाव-जगत पर पूर्ण अधिकार था। वे अपनी रचनाओं में विशेषकर मानस में मार्मिक स्थलों के चयन में विशेष सफल रहे हैं। उन्होंने श्रंगार रस का चित्रण मर्यादा में रह कर किया है। वात्सल्य रस के चित्रण में उनको पूर्ण सफलता मिली है। डा. गुलाबराय के शब्दों में, " ऐसा कोई रस नहीं है जिनका तुलसी के काव्य में परिपाक न हुआ हो और ऐसी कोई व्यंजना नहीं जो उनके काव्य में न हुई हो।"

तुलसी के काव्य में हर व्यंजना विद्यमान है। भाषा की दृष्टि से अवधी एवं ब्रज की प्रत्येक भंगिमा तथा शक्ति का उन्हें सूक्ष्म ज्ञान है। रामचरितमानस में अवधी भाषा तथा विनय पत्रिका में ब्रज भाषा का प्रयोग हुआ है। तुलसीदास संस्कृत के उद्भट विद्वान थे और यदि वे चाहते तो संस्कृत में रामचरितमानस की रचना कर सकते थे। परन्तु उन्होंने लोकहित को दृष्टि में रखते हुए रामचरितमानस की रचना अवधी में की तुलसीदास की भाषा अत्यंत सुव्यवस्थित, प्रौढ़ और शुद्ध है। भाषा, अलंकार और भावों का जैसा समन्वय इन्होने किया है वैसा समन्वय और कोई कवि नहीं कर सका है। शब्द योजना वाक्य रचना तथा छंद विधान की अद्भुत क्षमता उनके काव्य में मिलती है। तुलसीदास ने सभी काव्य शैलियों को अपनाया है छप्पय, कवित्त, सवैया, पद्धति विशेष उल्लेखनीय हैं। गुलाबराय जी ने तुलसीदास के विषय में ठीक ही कहा है, "भाषा, भाव, शैली, एवं छंद रचना के विषय में विचार करने पर हम नि:संकोच भाव से कह सकते हैं कि

तुलसीदास अपने समय के प्रतिनिधि कवि थे।

तुलसीदास ने अलंकारों का समुचित प्रयोग किया है। अलंकारो का सहज एवं स्वभाविक सौन्दर्य किसके मन को नहीं मोह लेता है। रूपक, निदर्शना, उपमा, व्यतिरेक, अप्रस्तुत प्रशंसा आदि अनेक अलंकारों का प्रयोग किया है। आचार्य रामचन्द्र शुक्ल का कथन सत्य ही है– "अलंकारों की योजना उन्होंने ऐसे मार्मिक ढंग से की है कि वे सर्वत्र भावों या तथ्यों की व्यंजना को प्रस्फुटित करते हुए पाए जाते हैं, अपनी अलग–अलग चमक–दमक दिखाते हुए नहीं।"

राम जीवन का वर्णन कर हिंदी साहित्य को तो सुधापान कराया ही, समस्त भारत भूमि को भी राममय बना दिया। तुलसीदासजी ने अपने पात्रों में आदर्श की प्रतिष्ठा दिखाकर उनके चरित्र को अनुकरण का विषय बना दिया है। उन्होंने पात्रों के माध्यम से अनेक आदर्श हमारे सामने रखे। सामाजिक मर्यादाओं के प्रकाश में उन्होंने धर्म को नया रूप प्रदान किया। उन्होंने मानस में व्यक्ति धर्म ., समाज धर्म, तथा राष्ट्र धर्म की स्थापना की। राम एक आदर्श पुत्र, आदर्श भाई, आदर्श मित्र, आदर्श शत्रु, आदर्श पति तथा आदर्श राजा के रूप में हमारे सामने आते हैं। रामचरितमानस में हमें स्थान स्थान पर सामाजिक सुधारों का अत्यंत सुंदर विवेचन प्राप्त होता है। वर्णाश्रम के आदर्श, चारों वर्णों के कर्तव्य, कुटुंब के प्रत्येक सदस्य के कार्य आदि विषयों में तुलसीदास ने अपनी समाज सुधर की मनोवृति का परिचय दिया दिया है। सचमुच तुलसीदास का यह रामचरितमानस हिन्दू जाति के लिए वरदान स्वरूप है। आचार्य शुक्ल के शब्दों में,"गोस्वामी जी द्वारा प्रस्तुत नव रसों का यह राम रसायन ऐसा पुष्टिकर हुआ कि उसके सेवन से हिन्दू जाति विदेशीमतों के आक्रमणों से भी बहुत कुछ रक्षित रही और अपने जातीय स्वरूपों को दृढ़ता से पकड़े रही।"

अंतत: तुलसीदास ने अपने मंगलमय काव्य के द्वारा आशा की ऐसी ज्योति जगाई, जो आज भी अपना प्रकाश बिखेर रही है। प्रत्येक युग में 'असत्य पर सत्य की विजय होती है' रामचरितमानस का यह अमर संदेश भारतीय जन–समाज को ही नही अपितु सम्पूर्ण विश्व को सदैव मंगल प्रेरणा देता रहेगा। रामचरितमानस की इन पंक्तियों में पूरे महाकाव्य का सार निहित है–

सिया राममय सब जग जानी।
करहुं प्रणाम जोरि जुग पानी।।

✍ राजेश कुमार गुप्त ' राज '

संस्मरण

केन कूल का कर्मठ कवि

केन कूल का कर्मठ पानी
चट्टानों के ऊपर चढ़कर
मार रहा है घूंसे कसकर
तोड़ रहा है तट चट्टानी

मेरी पुस्तक पर उनके द्वारा लिखित ये पंक्तियाँ मेरे पास एकमात्र और पूर्ण यादगार दस्तावेज हैं। इन पंक्तियों को लिखते और पढ़ते समय मुझे तो एकबारगी विश्वास ही नही होता कि वह अब हमारे बीच नहीं रहे।आखिर अपने घूंसे से चट्टानी तट को तोड़ने वाला कालजयी कवि काल कवलित हो सकता है।

दो जून शुक्रवार का दिन था जब बाबू केदारनाथ अग्रवाल जी से अंतिम मुलाकात हुई।

अंतिम शब्द लिखते हुए मुझे गहन दुख है और मेरा मन इस कटु सत्य को स्वीकारने को तैयार नहीं है क्योंकि ये बाबूजी के ही शब्द थे, "अगली बार एक डायरी लेकर आना। मैं कुछ ज्यादा लिखूंगा।"

यह तो मेरा दुर्भाग्य रहा कि मैं उनके पास अगली बार नही पहुँच सका और वे इससे पहले ही......।

मुझे मेरे चचेरे भाई आशीष, जो कि इस समय साथ में है , ने 23 जून की शाम पांच बजे का समाचार सुनकर बताया, "भैया बाँदा के किसी कवि का निधन हो गया।"

मैं चौंक पड़ा, "किस कवि का?"

"नाम तो नहीं सुन पाया।" आशीष बोला।

"केदारनाथ अग्रवाल तो नहीं कहा।"

"हाँ, हाँ अग्रवाल ही बताया है।"

इतना सुनते ही मैं सन्न रह गया। जब बातचीत हुई थी, तब तो एकदम स्वस्थ और उर्जावान दिख रहे थे। परन्तु, दूसरे दिन समाचार पत्रों की सुर्ख़ियों में पढ़ा, तो मुझे विश्वास करना पड़ा।

शाम चार बजे मैं उनकी कोठी पहुँच गया था। इसके पहले कई बार कोशिश करने पर भी उनसे औपचारिक रूप से मुलाकात नहीं हो पाई थी। इसबार उन्हें फुर्सत और अकेला पाकर मैं खुश हुआ। जाते ही प्रणाम किया। उन्होंने मुझे बैठने के लिए संकेत किया।

"क्या साक्षात्कार लेना है?" उन्होंने सीधे प्रश्न कर दिया था।

मैं अचकचा गया, 'नहीं मैं कोई पत्रकार नहीं हूँ।'

जब मैंने बताया कि मैं यूँ ही मुलाकात करने आया हूँ, तब वे धीरे – धीरे काफी बातें करते रहे। मैंने बताया कि मैं इलाहाबाद में सिविल सेवा की तैयारी हिंदी साहित्य विषय रखकर कर रहा हूँ और मेरी साहित्य में रूचि है। उन्होंने प्रसन्नता जताई। धीरे धीरे बातों का दायरा बढने लगा।

मैंने कहा, "मैंने कुछ कवितायें और कुछ निबन्ध लिखे हैं। उपन्यास व कहानी पढने में भी काफी रूचि है। पर, कविता मुझे ज्यादा आकर्षित करती हैं।"

"केन्द्रीय विधा तो कविता ही है।" उनका संक्षिप्त उत्तर था।

"मैं बहुत कुछ लिखना चाहता हूँ। आप कुछ 'गाइडेंस' कीजिये।"

"लिखने की इच्छा है, अच्छी बात है। अभी तुम्हें अपना कैरियर बनाना चाहिए। जीवन में जो देखना है, समझना है, अनुभव करना है..... उसको तो लिखना होता है।

थोडा रूककर वे फिर बोले, "यथार्थ का वर्णन होना चाहिए। रचनाएँ केवल काम भावनाओं पर नहीं होनी चाहिए।"

अब मैंने कमरे में इधर–उधर नजर दौड़ाई और देखा कि निराला जी और मार्क्स की तस्वीर टंगी है। थोड़ी सी निराला जी पर भी चर्चा हुई। इसके बाद मैं जिस दरवाजे से आया था, वहां पर किवाड़ के बगल में एक तस्वीर टंगी थी। कुछ अँधेरा होने की वजह से तस्वीर साफ नहीं दिख रही थी, तो मैंने कुछ अंदाज लगाते हुए कहा, कि वह तस्वीर टैगोर जी की है क्या?

उन्होंने बताया कि नहीं, वह एक विदेशी लड़की की तस्वीर है। मुझे विश्वास नहीं हो रहा था। मैंने पास जाकर देखा, तो पता चला कि वाकई तस्वीर विदेशी लड़की की है। मुझे तब अपने ऊपर हल्की सी हंसी भी आई और शर्म भी।

मैंने घडी देखी, तो समय ज्यादा हो रहा था। शाम पांच बजे ही मुझे अजयगढ़ (पन्ना) के लिए बस पकडनी थी। अत: मैंने उनसे आग्रह किया, " बाबूजी कुछ लिख दीजिये।"

"क्या लिख दें?" उन्होंने पूछा।

"कुछ भी जो मेरे लिए प्रेरक पंक्तियाँ हों।" मैंने कहा था।

तब उन्होंने मुझसे पूछा, "क्या लिए हो।"

मैंने बताया कि 'आजकल' पत्रिका का अप्रैल अंक और राजेन्द्र यादव द्वारा सम्पादित कहानी संग्रह ' 'एक दुनिया : समानांतर।"

...आजकल पत्रिका का यह वही अंक था जिसके आवरण पृष्ठ पर डा. रामविलास शर्मा का फोटो छपा था। उनका 29–30 मई को निधन हो गया जिसकी चर्चा छेड़ने पर बाबूजी काफी भावुक हो गये थे और और उन्होंने कहा, "शर्मा जी हमारे सबसे अच्छे मित्र थे।" ....

उन्होंने एक दुनिया : समानांतर पुस्तक उठाकर उसके भीतरी खाली पृष्ठ पर अपनी कविता की उपर्युक्त पंक्तियाँ लिख दीं थीं। शायद यह उनकी अंतिम साहित्यिक वार्ता रही हो।

'केन कूल का कर्मठ कवि' अब हमारे बीच नहीं है, पर उनकी कर्मठता और संघर्षशील व्यक्तित्व प्रेरणा की एक मिसाल रहेगा। उन्ही की कविता की एक पंक्ति मुझे याद आ रही है :

आज नदी बिलकुल उदास थी
सोई थी अपने पानी में....
अब उनके बिना बाँदा की केन हमेशा उदास रहेगी।।

(भारत सरकार के प्रकाशन विभाग की साहित्यिक पत्रिका 'आजकल' के सितम्बर सन् 2000 के अंक में राजेश कुमार गुप्त 'गुड्डू' के नाम से प्रकाशित संस्मरण)

✍ राजेश कुमार गुप्त 'राज'

शब्द और अर्थ के बीच का कवि-चित्रकार

मैं उनसे पहली बार जून, 2000 में मिला था। उनके स्नेहिल स्वभाव से मुझे मार्गदर्शन मिलने लगा था। अभी मुश्किल से तीन-चार मुलाकातें ही विस्तृत रूप से हो पाई थीं। मुझे उनसे काफी कुछ मिलने की उम्मीद थी, पर अब ...। '.. कुछ ऐसा ही मैंने लिखा था डा. जगदीश गुप्त के निवास पर उनकी शोक डायरी में 26 मई 2001 को लगभग 4.30 बजे।

26 मई की सुबह 10 – 11 बज रहे होंगे जब मेरे मित्र कमलेश चन्द्र खरे आये और आते ही बोल पड़े – "राजेश जी, जगदीश गुप्त तो चल बसे।"

"क्यों मजाक कर रहे हैं, खरे जी?" हर समय हंसी मजाक के मूड में रहने वाले खुशमिजाज खरे जी की ओर मैने सीधा प्रश्न कर दिया।

"राजेश भाई मैं मजाक नहीं कर रहा हूँ। लगता है, आपने सुबह आठ बजे के रेडियो समाचार नही सुने।" खरे जी काफी गम्भीर मुद्रा में बोले।

नहीं आज समाचार तो नहीं सुना। पर..."इतना ही बोल पाया था कि दुखी मन से सोचने लगा – 'पढाई में व्यस्त होने के कारण इधर काफी दिनों से गुप्त जी से मिल नहीं सका था।'

"तब आप उनके निवास से देख - सुनकर आ रहे होंगे?" दरअसल खरे जी का कमरा दारागंज में ही पड़ता है और मेरा कमरा अल्लापुर में। इसलिए मैंने जिज्ञासा प्रकट की।

" नहीं मैं कमरे से सीधा आ रहा हूँ। सोचा कि पहले आपको खबर कर दूं, फिर दोनों लोग उधर चलते हैं।"

खरे जी भी साहित्य में काफी रूचि रखते हैं इसलिए कोई भी साहित्यिक विषय हो, उस पर चर्चा अवश्य होती है।

हम लोगों के बीच यह तय हुआ कि लगभग शाम 3-4 बजे उनके निवास की ओर चलते हैं, जब सभी लोग उनके अंतिम संस्कार के बाद इकट्ठा होंगे।

बाद में मुझे मेरे मित्र एवं गुप्त जी के काफी करीब रहे धनंजय सिंह – जो कि युवा चित्रकार एवं पत्रकार हैं- से मालूम हुआ कि गुप्त जी काफी दिनों से बीमार चल रहे थे और अस्पताल में भर्ती थे। वहीँ दिल का दौरा पड जाने से उनका स्वर्गवास हुआ। वह काफी समय से हृदय रोग से पीड़ित थे।

अब तो गुप्त जी की केवल स्मृतियाँ शेष रह गई हैं। जब बाबू केदारनाथ अग्रवाल जी का निधन हुआ था, तब पहली बार गुप्त जी के घर मिलने गया था। बाबू जी से तो अक्सर मैं बाँदा

आते-जाते मिलता रहता था, पर गुप्त जी से नहीं मिला था। उनका निवास पता चल जाने के बावजूद मैं उनसे मिलने में झिझकता रहता था। पर अब बाबू जी के न रहने पर मुझे उन पर एक आलेख लिखने की आवश्यकता महसूस हुई। तब मेरे मन में आया कि क्यों न गुप्त जी से इस बारे में सुझाव लिए जाएँ। ऐसा विचार आते ही मैंने पैन कापी लिया और साथ में पुस्तक भी जिसपर केदारनाथ जी ने अपने हाथों से कविता लिखी थी और हस्ताक्षर किये थे, तथा चल पड़ा उनके निवास की तरफ बेहिचक।उनके मकान पर जाकर मैंने अभिवादन किया, तो उन्होंने बैठने के लिए कहा। मैंने बैठते ही अपना परिचय दिया और उनके पास आने का मन्तव्य भी बताया- सशंकित मन से। उन्होंने जब यह सब सहज भाव से लिया और लिखने का तरीका मुझे समझाने लगे, तो मेरी सब शंकाएं और झिझक दूर हो गई। 'क्या क्या लिखना है और कितना लिखना है?' –यह सब बता कर कहा कि कल पूरा मैटर बना कर लाओ। इसी दौरान गुप्त जी के निवास पर ही मेरा धनंजय सिंह से परिचय हुआ था जो धीरे धीरे दोस्ती में बदलता गया। दूसरे-तीसरे दिन मैं जब केदारनाथ जी पर संस्मरण लिख ले गया, तो गुप्त जी ने पूरा पढ़ा और बोले- लिखा तो बहुत अच्छा है तुमने, पर फारसी लिपि से लिए गये वर्णों के नीचे नुक्ते (बिंदी) नहीं लगाये हैं जैसे- क़ ;ग़,फ़ इत्यादि।"

मुझे वाकई अपनी गलती का अहसास हुआ और कहा – "सर मुझे इन शब्दों की अच्छी जानकारी नही है।"

तब उन्होंने इस विषय को लेकर मुझे काफी समझाया था व नई- नई जानकारियां दीं थीं। गुप्त जी के मार्गदर्शन और मेरी लिखने की आकांक्षा का ही परिणाम रहा – सितम्बर, 2000 की 'आजकल' पत्रिका में प्रकाशित केदारनाथ अग्रवाल पर मेरा संस्मरण 'केन कूल का कर्मठ कवि'।

अनेक यादें आ रहीं हैं रह –रहकर गुप्त जी से हुई मुलाकातों और बातों की। एकबार किसी विषय पर वह हमें समझा रहे थे। मैं तन्मय होकर उनकी बातें सुन रहा था और जिज्ञासा शांत करने के लिए प्रश्न पर प्रश्न किये जा रहा था।तब उन्होंने कहा था- "अरे भाई एक ही दिन में सब पूछ लोगे क्या? सब जान जाओगे तो आना ही बंद कर दोगे। कुछ जानकारी अधूरी बची रहेगी तो जिज्ञासा के तहत आते तो रहोगे। यह सुनकर मैं झेंप गया था।

गुप्त जी हम लोगों को अक्सर शमशेर बहादुर, सर्वेश्वर दयाल, धर्मवीर भारती, नागार्जुन जैसे साहित्यकारों के बारे में बताते रहते थे। एक बार विद्यानिवास मिश्र जी के बारे में बताया था की मिश्र जी उनसे उम्र में दो साल छोटे थे, पर छात्र जीवन में दो साल सीनियर थे।

गुप्त जी के बारे में और क्या लिखूं? उन्होंने हम लोगों से वादा किया था की आलोचक रामस्वरूप चतुर्वेदी जी से हम लोगों को मिलवायेंगे। पर वह हमें मिलवाते उससे पहले ही ...

हालांकि मैंने खरे जी के साथ मिलकर कुछ दिनों बाद अभी 20 जनवरी, 2002 को चतुर्वेदी का निवास ढूंढकर उनसे मुलाकात की, जिनका पता गुप्त जी ने ही दिया था। चतुर्वेदी जी से कुछ चर्चा गुप्त जी के बारे में हुई थी।

शब्दों और रेखाओं को अर्थ प्रदान करने वाले गुप्त जी 'नई कविता' (1954) आन्दोलन में एक विशिष्ट स्थान रखते हैं। रामस्वरूप चतुर्वेदी के साथ मिलकर उनके द्वारा प्रकाशित व सम्पादित पत्रिका नई कविता (1954) हिंदी साहित्य के इतिहास में एक युग प्रवर्तकपत्रिका साबित हुई। नई कविता के अस्तित्व को स्वीकार न करने वाले अज्ञेय जी ने भी बाद में माना था कि नई कविता है और उसके जनक डा. जगदीश गुप्त हैं।

चित्रकला पर चर्चा के दौरान उन्होंने कहा था – "रेखाएं सर्वोपरि हैं और समस्त पौर्वात्य कला रेखा प्रधान रही है।

रामस्वरूप चतुर्वेदी जी द्वारा उन पर की गई टिप्पणी सटीक ही है – ' जिस प्रकार कवि गुरु रवींद्र ने अपनी जटिल एवं अमूर्त भावनाओं को अपेक्षाकृत अस्पष्ट चित्रों के माध्यम से व्यक्त किया था, कुछ – कुछ उसी प्रकार से जगदीश जी ने भी अपने विचार समूह के उस भाग को, जो सरलता से उनके साहित्य को अपना माध्यम नहीं स्वीकार कर सका, अपने स्पष्ट एवं साफ – सुथरे चित्रों के सहारे प्रकट किया है।"

अंतत:उन्ही की एक कविता को याद करते हुए अपनी बात खत्म कर रहा हूँ : आकांक्षा / शब्द को देती है अर्थ/ तुम्हारे शब्दों को क्या हो गया है?/या तो तुम तुम्ही नहीं रहे / या उनका अर्थ खो गया है।

मुझे लक्ष्य-वेध काम्य, / बाण और वाणी में
देखता हूँ क्रिया साम्य/ मैं कवि हूँ स्वाभिमानी,
शब्दों में नया और सच्चा / अर्थ भरना चाहता हूँ,
खोखली ध्वनियों की / बेरहम जंजीर से बंधकर
कुत्ते की मौत / नहीं मरना चाहता हूँ।

✍ **राजेश कुमार गुप्त ' राज '**

भाषा और अनुभूति के अद्वैत का साधक

"भैया, भैया .....क्या कर रहे हैं?"

"अब क्या हुआ गुड़िया ?"

"अरे आज का समाचार पत्र देखा ....?"

"नहीं, क्यों क्या बात है?"

"इलाहाबाद के किसी साहित्यकार का स्वर्गवास हो गया है ...."

"अरे....."

आगे कुछ कहता, उसके पहले ही मेरी बहन राजश्री गुप्ता जिसे हम लोग प्यार से गुड़िया बुलाते हैं, ने आज 25 जुलाई, 2003 का समाचार पत्र मेरे सामने रख दिया। पढने के बाद पता चला कि नई कविता के प्रसिद्ध आलोचक श्री रामस्वरूप चतुर्वेदी जी का कल 24 जुलाई, 2003 को दिल का दौरा पड़ने से निधन हो गया।

समाचार पढ़कर वज्रपात सा हुआ। मैं अब उनके अंतिम संस्कार में भी नहीं जा सकता था क्योंकि मुझे इलाहाबाद छोड़े हुए एक वर्ष हो चुका था। मेरा बी.एड. में नाम आ जाने के बाद मैंने इलाहाबाद छोड़ दिया था और पिछले एक वर्ष महात्मा गाँधी ग्रामोदय वि.वि., चित्रकूट से बी.एड. कर रहा था और अब अपने निवास स्थान अजयगढ़, जिला – पन्ना (म.प्र.) में रह रहा था।

काश, इस समय मैं इलाहाबाद में होता ...... बस बार–बार यही विचार मन में आ रहे थे। अपनी बहन गुड़िया, जिसने हिंदी में एम.ए. किया है और साहित्यिक रुचि रखती है, से चतुर्वेदी जी के बारे में चर्चा कर रहा था। हमेशा की तरह गुड़िया मेरी बातों को ध्यान से सुन रही थी .....

मुझे इलाहाबाद का वह दिन याद आ गया, जब मैं चतुर्वेदी जी से पहली बार मिला था। मैं अपने मित्र कमलेश चन्द्र खरे, जो कि मेरी साहित्यिक चर्चाओं के अन्तरंग मित्र थे, से कई बार आग्रह कर चुका था चतुर्वेदी जी से भेंट करने के लिए, पर वह अक्सर टाल देते थे। आखिरकार 20 जनवरी, 2002 को वह दिन आ ही गया जब हम लोग उनसे मुलाकात करने के लिए चर्च लेन स्थित उनके आवास पर जा पहुंचे।

शाम 6 बजे का वक्त रहा होगा। चतुर्वेदी जी अपनी आराम कुर्सी पर शांत मुद्रा में बैठे हुए थे। हमें देखकर बोल पड़े, "कहिये क्या काम है?" हम लोगों ने कहा, "सर, हम आपसे मिलने आये थे।"

"बैठिये" उनका संक्षिप्त सा उत्तर था। चुप्पी को तोड़ते हुए मैंने कहा, "सर, हम लोग साहित्य सम्बंधी चर्चा करना चाहते हैं और आपसे मार्गदर्शन लेना चाहते हैं।

"बोलो क्या पूछना चाहते हो ?" उनका हमारी ओर सीधा प्रश्न था।

अब चूँकि हम लोग उनका इशारा पाकर कुर्सी पर आराम से बैठ चुके थे और झिझक त्याग चुके थे। अत: उनकी गम्भीरता को भेदते हुए मैंने कहा, "सर, मैंने हिंदी साहित्य के इतिहास पर कई पुस्तकें पढ़ीं हैं ; परन्तु आपकी पुस्तक 'हिंदी साहित्य और संवेदना का विकास' बहुत ही अच्छी है। आपने गागर में सागर भर दिया है।"

बस 'हूँ' कहते हुए उन्होंने अपना सिर हिला दिया था।

मैंने आगे कहा, "आपका कालविभाजन और वर्गीकरण एकदम व्यवस्थित है, लेकिन आधुनिक काल के उपविभाजन में 18 –18 वर्ष के युग क्यों निर्धारित किये हैं?"

उन्होंने कहा, "एक – दो वर्ष आगे पीछे भी हो सकता है। यह केवल सुविधा की दृष्टि से विभाजन किया गया है।"

सन 1986 में प्रकाशित 'हिंदी साहित्य और सम्वेदना का विकास' चतुर्वेदी जी की प्रसिद्ध साहित्येतिहासपुस्तक है। आचार्य रामचन्द्र शुक्ल द्वारा लिखित 'हिंदी साहित्य का इतिहास' (1929) के पश्चात यह पहली मौलिक व्यवस्थित वैज्ञानिक, सम्पूर्ण एवं श्रेष्ठ इतिहास पुस्तक है। इस पुस्तक के लिए उन्हें 1996 का 'व्यास' सम्मान भी प्राप्त हुआ।

मेरा अगला प्रश्न था, "आपकी पुस्तक में एकांकी पर बहुत कम पृष्ठ हैं। क्या उसको नजरअंदाज किया गया है?"

उन्होंने समझाते हुए बताया, "नहीं ऐसा नहीं है। कहानी की तरह एकांकी भी एककोणीय होती है जिसमे किसी चरित्र के अन्तर्द्वन्द्व का चित्रण तो हो सकता है, पर जीवन के व्यापक द्वंद्व और उनके बीच से उभरती दृष्टि का अंकन एकांकी में सम्भव नहीं है।"

इसके बाद मैंने उन्हें बताया कि वर्ष 2000 की मनोरमा इयरबुक में 20 वीं सदी के दस श्रेष्ठ साहित्यकारों की सूची दी गई है जिसमे अज्ञेय जी का नाम नही है, क्या दस साहित्यकारों में अज्ञेय नाम नहीं होना चाहिए ?

उन्होंने कहा था, "हर लेखक और प्रकाशक की अपनी – अपनी दृष्टि होती है। वैसे सदी के दस साहित्यकारों में अज्ञेय का नाम अवश्य होना चाहिए।"

सर्व विदित है कि चतुर्वेदी जी की समीक्षा – यात्रा के केंद्र में अज्ञेय का साहित्य है। उनके अनुसार, हिंदी कविता में आधुनिकता का प्रवेश अज्ञेय द्वारा सम्पादित 'तारसप्तक' (1943)

के प्रकाशन के साथ होता है। अज्ञेय के साहित्य में वे भाषा और अनुभूति के अद्वैत की तलाश करते हैं। उनकी दृष्टि में अनुभूति और भाषा एक है। चतुर्वेदी जी के शब्दों में ' अनुभव का अनुभव यानि की अनुभूति या कि भाषा है।' वे लिखते हैं कि आधुनिक साहित्य में मानवीय व्यक्तित्व और उसकी सर्जनात्मकता की सबसे गहरी और सार्थक चिन्तना स.ही.वात्स्यायन अज्ञेय के कृतित्व में मिलती है। अज्ञेय की कई प्रसिद्ध कविताओं में भाषा और अनुभूति के अद्वैत को व्याख्यायित करने का यत्न हुआ है।

इसके बाद सिविल सेवा परीक्षा के पाठ्यक्रम पर संक्षिप्त चर्चा हुई। जिसमें वर्ष 2000 में व्यापक पैमाने पर बदलाव किया गया था। सिविल सेवा में हिंदी के परिवर्तित पाठ्यक्रम के बारे में मैंने चतुर्वेदी जी को बताया कि इस बार पाठ्यक्रम में या तो छोटी रचनाये रखी गईं हैं या फिर बड़ी रचनाओं का छोटा सा भाग रखा गया है। मैंने पूछा, "सर, इस बार पाठ्यक्रम में रामचरितमानस के अयोध्याकाण्ड को हटा कर सुन्दरकांड रख दिया गया है। ऐसा क्यों?" वे हँसते हुए बोल पड़े, "संघ लोक सेवा आयोग में कोई हनुमान भक्त सदस्य होगा .....।" उनके इतना कहते ही, अबतक पूरी वार्ता को अपने स्वभाव के विपरीत बिना टोका – टाकी के सुनने वाले, खरे जी ठहाका मारकर हंस पड़े।

चतुर्वेदी जी ने बताया कि इस पाठ्यक्रम की दृष्टि राष्ट्रीय सन्दर्भ की हो सकती है क्योंकि इसमें राष्ट्रकवि मैथिलीशरण गुप्त और रामधारी सिंह दिनकर की रचनाएँ सम्मिलित की गयी हैं। इसके अलावा एक दृष्टि युग विभाजन और युग प्रवृत्तियों की हो सकती है क्योकि प्रत्येक युग से कोई न कोई साहित्यकार अवश्य रखा गया है।

"सर, सिविल सेवा मुख्य परीक्षा में प्रश्नों के उत्तर किस प्रकार लिखें जिससे अधिक अंक प्राप्त हों?" अब मोर्चा खरे जी ने सम्भाल लिया था। चतुर्वेदी जी ने बताया कि प्रत्येक प्रश्न का उत्तर विश्लेषण करते हुए देना चाहिए और अंत में निष्कर्ष रूप में समीक्षा करनी चहिये। इस तरह उन्होंने सिविल सेवा परीक्षा के प्रश्नों के सटीक उत्तर देने के लिए महत्वपूर्ण बिंदु बताये।

"आपकी नई कृति कौनसी प्रकाशित होने वाली है?" मैंने पूछा। मेरी जिज्ञासा शांत करते हुए बोले, " इस समय हिंदी काव्य सम्वेदना का विकास" पुस्तक पर कार्य चल रहा है। देखो जब तक छप जाये ...."

और यह पुस्तक उनके मरणोपरांत 2003 में प्रकाशित हुई। कुल मिलाकर यह पुस्तक उनकी 1996 में प्रकाशित ' हिंदी गद्य : विन्यास और विकास' नामक पुस्तक की पूरक कृति बन पड़ी है।

इसके अलावा चतुर्वेदी जी की चर्चित प्रकाशित कृतियाँ हैं– हिंदी नव लेखन (1960), प्रसाद – निराला – अज्ञेय (1989), तारसप्तक से गद्य कविता (1997), कविता का पक्ष(1994), आधुनिक कविता यात्रा (1998) और भक्ति काव्य यात्रा (2003) ये सभी कृतियाँ मिलकर उनको नई समीक्षा का प्रतिनिधि आलोचक सिद्ध कर देती हैं।

इसके बाद हम एक समसामयिक प्रश्न पर आ गये थे। "सर, प्रकाशनाधिकार क्या होता है? और कितने वर्ष तक रहता है ?"

उन्होंने समझाते हुए बताया, "प्रत्येक प्रकाशक को किसी लेखक विशेष की रचना छापने का विशेषाधिकार होता है और यह लेखक के निधन के पश्चात् 60 वर्ष तक रहता है। इसके बाद उस लेखक की रचना कोई भी प्रकाशक छाप सकता है।" दरअसल एक वर्ष पहले ही रविन्द्रनाथ टैगोर की मृत्यु को 60 वर्ष पूरे हुए थे और उनकी रचना पर प्रकाशक विशेष का एकाधिकार हट गया था।इस कारण यह मुद्दा समाचारों की सुर्ख़ियों में था।

नव प्रकाशित कृतियों को प्राप्त करने के लिए चर्चा छेड़ने पर उन्होंने बताया कि लोकभारती प्रकाशन, इलाहाबाद से नई प्रकाशित साहित्यिक रचनाएँ मिल सकती हैं।

सम्भवत: यह हमारा अंतिम प्रश्न था – "सर, कोई एक अच्छी साहित्यिक पत्रिका बताएं जो हम मासिक रूप से ले सकें।"

"कोई भी पत्रिका ले सकते हैं, आजकल, हंस, ज्ञानोदय, पहल या फिर साहित्य अमृत सभी अच्छी साहित्यिक पत्रिकाएं हैं।"

इसके बाद हम लोग मौन हो गये थे। सन्नाटे को चीरते हुए वे बोले, " आप लोग मेरे पास कैसे आये? किसी ने कहा या अपने आप?" हम लोगों ने बताया कि हम डा. जगदीश गुप्त जी के पास प्राय: जाया करते थे, उन्ही ने आपका पता दिया था और मिलवाने का वादा किया था आपसे। पर आपसे मिलवाते उससे पहले ही 26 मई 2001 को उनका दुखद निधन हो गया।

.....गुप्त जी की चर्चा छेड़ने पर चतुर्वेदी जी दुखी हो गये थे। उन्होंने बताया कि वे एक अच्छे कवि, चित्रकार और पत्रकार थे। हमने और गुप्त जी ने साथ मिलकर 1954 में 'नई कविता' नामक पत्रिका का सम्पादन किया था , इस तरह गुप्त जी नई कविता आन्दोलन के प्रवर्तक थे।

अब काफी समय हो गया था, रात का अँधेरा हो चला था। हम लोग़ चतुर्वेदी जी का अभिवादन कर अपने कमरों की ओर निकल पड़े।

आज चतुर्वेदी जी बहुत याद आते हैं। पूरी जिन्दगी साहित्यकारों के कृतित्व में भाषा और अनुभूति का अद्वैत तलाशने वाले चतुर्वेदी जी खुद अपनी समीक्षा – यात्रा में भाषा और अनुभूति

के अद्वैत को साधते रहे। अंततः 'अद्वैत' के साधक आलोचक की आत्मा अब परमात्मा से 'अद्वैत' स्थापित कर चुकी है ....

(अब तक अप्रकाशित संस्मरण। संस्मरण में उल्लेखित गुड़िया (श्रीमती राजश्री गुप्ता) अब जबलपुर म प्र में निवासरत हैं एवं शासकीय हाई स्कूल गोकलपुर जबलपुर में हिंदी अध्यापक के पद पर पदस्थ हैं)

                    राजेश कुमार गुप्त 'राज'

लघुकथा

लेखक परिचय

लक्ष्मण सिंह त्यागी 'रीतेश'

लक्ष्मण सिंह त्यागी 'रीतेश' जी का जन्म सन् 25 अगस्त 1986 को गाँव-बदरिका, तहसील-सैंपऊ, जिला-धौलपुर, राजस्थान में एक सामान्य किसान परिवार में हुआ। आपके पिता श्री रमेश चंद त्यागी (दीनानाथ जी) एवं माँ श्रीमती इंद्रा त्यागी हैं।

श्री रीतेश चार भाई बहनों में तीसरे नंबर की संतान हैं। आपकी प्रारंभिक शिक्षा दीक्षा गाँव के ही सरकारी विद्यालय में सम्पन्न हुई और यहीं से बारहवीं कक्षा उत्तीर्ण करने के बाद आपने धौलपुर के सरकारी स्नातकोत्तर महाविद्यालय से बी.ए. तथा एम.ए पूर्ण किया।

धौलपुर में रहकर ही बी.एड. और उसके बाद ग्वालियर से एम.एड की शिक्षा पूर्ण की। आर्थिक स्थिति को देखते हुए आपने बारहवीं कक्षा के बाद निजी विद्यालयों में अध्यापन का कार्य आरंभ कर दिया, और आठ जुलाई 2013 को आपकी नियुक्ति शासकीय शिक्षक के पद पर पन्ना म.प्र. में हो गई।

वर्तमान में आप शासकीय रुद्र प्रताप उत्कृष्ट उ.मा.वि. पन्ना (म.प्र) में शिक्षक के पद पर कार्यरत हैं और इसके साथ ही स्वतंत्र लेखन कार्य में संलग्न हैं। अब तक आपकी पचास के लगभग रचनाएँ विभिन्न राष्ट्रीय एवं

क्षेत्रीय आंचलिक पत्र पत्रिकाओं में प्रकाशित हो चुकी हैं और हाल ही में आपकी कुछ पुस्तकें प्रकाशित हुई हैं, जिनका विवरण निम्न हैं-

1. सिसकती रातें (एकल लघुकथा संग्रह)
2. जिंदगी के मायने (एकल काव्य संग्रह)
3. 2 अक्टूबर (साझा गद्य संग्रह)
4. आल्हाद (साझा काव्य संग्रह)
5. देशप्रेम (साझा काव्य संग्रह)

श्री लक्ष्मण जी की उपरोक्त पुस्तकें प्रकाशित हो चुकी हैं। इसके अलावा लगभग पांच पुस्तकों में आंशिक रूप से जुडकर प्रकाशन कार्य जारी है।

सावन सोमवार

नित्य प्रति की तरह इस सावन सोमवार को भी सुरेश शिवलिंग पर दूध चढाने गया। वहाँ उसने देखा कि मंदिर के पास ही एक दुर्बल सी महिला अपने दस ग्यारह माह के बच्चे को गोद में लिए इसी आशा में बैठी है कि शायद कुछ खाने को मिल जाए।

बच्चे के मासूम से चेहरे को देख कर सुरेश का हृदय द्रवित हो गया और उसने सारा दूध उस महिला को दे दिया।

हाथ जोड़कर शंकर जी से माफी मांगी और दंडवत किया। कुछ भारी से मन में राहत महसूस करते हुए घर लौट आया।

✍ लक्ष्मण सिंह त्यागी रीतेश

योग

देवी प्रसाद दीपक को लेकर जैसे ही उसके घर पहुंचे, घर के सदस्यों की खुशी का ठिकाना न रहा। पांच महीने पहले जब देवी प्रसाद (जो कि दीपक के गुरु थे उसी गाँव के विद्यालय में शिक्षक थे जिस गाँव का दीपक था) ने दीपक को ठीक करने का ये उपाय बताया तो उनका मजाक बनाया गया।

क्योंकि दीपक को देश के बड़े बड़े हास्पिटल में इलाज के लिए ले जाया गया परंतु सबने मना कर दिया कि यह जन्म से बीमारी होने के कारण जीवन में अपने पैरों पर नहीं चल सकता।

दीपक पढने में तेज था यही कारण है कि देवी प्रसाद जी ने उसे अपने घर ले जा कर आयुर्वेद और योग के माध्यम से इलाज करने की इच्छा जाहिर की।

देवी प्रसाद हालांकि व्यायाम शिक्षक थे, परंतु उन्हें भारतीय प्राचीन चिकित्सा पद्धति एवं खासकर योग पर बडा विश्वास था। दीपक के परिवार के ज्यादातर सदस्य पढ़े-लिखे थे, अत: विज्ञान पर ज्यादा भरोसा था। हालांकि, कोई चारा जब ना बचा तो उन्होंने दीपक को उनके साथ भेज दिया।आज जब पांच महीने बाद अचानक देवी प्रसाद और दीपक को जब दरवाजे पर खड़ा देखा तो सबको हर्ष मिश्रित झटका-सा लगा क्योंकि जो दीपक खड़ा तक नहीं हो पाता वो आज अपने पैरों से चलकर घर आया था।

देवी प्रसाद जी ने समझाया कि उन्होंने केवल योग व्यायाम एवं औषधि देकर उसे ठीक किया है, तो सभी हतप्रभ रह गए।

उन्होंने बताया कि भारत ऐसे ही विश्व गुरु नहीं था, भारत के पास अनेक औषधियाँ योग साधना और अपने अमूल्य संस्कार एवं भारतीय संस्कृति थी , जिसका विश्व में बोलबाला था। दीपक के पिता ने कुछ भेंट करने की इच्छा जाहिर की जिसे देवी प्रसाद जी ने नकार दिया क्योंकि शिष्य तो बेटे की तरह होता है।

सभी को नमस्कार कर देवी प्रसाद जी चलने को हुए।

साथ ही सबको प्रतिदिन योग प्राणायाम करने की सलाह दी।

यही उनकी गुरु दक्षिणा थी...

लक्ष्मण सिंह त्यागी रीतेश

जंगली लोकतंत्र

हजारों वर्षों बाद और लाखों जानवरों की शहादत के बाद आज ये शुभ दिन आया कि जंगल का राजा लोकतांत्रिक तरीके से निर्वाचित होगा। फिर चाहे शेर ही राजा बने या भालू या फिर अन्य कोई जानवर।

जंगल के अनेक जानवर राजा बनने का सपना लेकर चुनाव मैदान में खड़े हुए करीब एक माह तक चुनाव प्रचार हुआ पांचों प्रत्याशियों को अपनी अपनी जीत का भरोसा था शेर चुनाव से एक दिन पूर्व जानवरों से वोट मांगने निकला बाकायदा हाथ जोड़कर बोला कि सभी वोट मुझे ही दें नहीं तो मैं राजा ना बनूँ शेर तो रहूंगा ही और मुझे बताने की आवश्यकता नहीं है कि मैं हारने के बाद क्या कर सकता हूँ।

जानवरों के खून से गुलामी अभी नहीं निकली थी, अगले दिन शांतिपूर्ण तरीके से मतदान हुआ और आश्चर्य तो चुनाव परिणाम के समय हुआ शेर तो विजयी हुआ ही मगर उसको वोट सौ प्रतिशत मिले अर्थात जो अन्य पांच प्रत्याशी खड़े थे उन्होंने भी शेर को ही अपने वोट दिए।

शेर ने सबको विश्वास दिलाया कि वो अब लोकतांत्रिक राजा है, किसी के साथ अन्याय नहीं होगा। वह प्रति दिन हर घर से एक शिकार खायेगा जिससे असमानता ना फैले। किसी को भी ये ना लगे कि हमारे साथ भेदभाव किया जा रहा है। अधिकांशतः आधुनिक युग में यही हो रहा है कहने को लोकतंत्र है मगर राजा वही बन जाता है जो पहले से दबदबा बनाये रखता है।

यदि वह मताधिकार से भी राजा बनता है तब भी उसकी फितरत वही रहती जो शेर की थी यानि जिनने वोट देकर जिताया उन्हीं को खा जाना।

सोचना तो पडेगा तभी लोकतंत्र जिंदा रह पायेगा..

✍ लक्ष्मण सिंह त्यागी रीतेश

लाकडाउन

पिछले तीन दिन से लगातार पैदल चल रही पार्वती की हिम्मत भी जबाब देने लगी जबकि उसकी बेटी तो अभी नौ साल की ही थी उसको कितना कष्ट हो रहा था, इसका अंदाज तब हुआ जब वो नन्ही सी जान बेहोश होकर सड़क पर गिर गई।

पार्वती इस कोरोना को क्या जाने वो तो इससे भी बड़ी महामारी भुखमरी से बीस साल से लड़ रही थी।

उसी से लडते लडते वो दिल्ली तक आ पहुंची मगर उसे क्या पता था कि एक दिन ये दिल्ली भी उसका हाथ छोड़ देगी, जिसे अक्सर दिल वालों की दिल्ली कहा जाता था।

आज भी पार्वती कोरोना से डरकर नहीं भागी थी बल्कि काम बंद हो जाने के कारण ही गाँव की तरफ लौटने का निश्चय किया। वहाँ जब भूखे मरने की नौबत आ गयी तो उसे अपना गाँव ही एक मात्र सहारा नजर आया।

सडक के किनारे एक पेड़ के नीचे पार्वती अपनी बेहोश बेटी को उठाकर लायी जिसने तीन दिन से रोटी का एक टुकड़ा भी नहीं खाया था।

हालांकि पार्वती को अभी भी विश्वास नहीं था कि बेटी को कुछ हुआ है।

जबकि सत्य यही था कि उसकी बेटी अब इस दुनियाँ में नहीं रही थी।

वो मर चुकी थी, बस कारण ढूढने का काम था कि वो कैसे मर गयी कोरोना से पैदल चलने से या भूख से तड़प तड़प कर।

☙ लक्ष्मण सिंह त्यागी रीतेश

वैशाख में

सालभर किराना की दुकान से उधार आता रहा। इस साल बेटी की शादी भी की जिसके गहने उधार ही लिए गए। कुछ नगदी रकम भी उधार थी।

रंजोर सालभर यही सोचकर काम चलाता रहा कि वैशाख में फसल आयेगी तो सबका चुकता कर दूंगा।

वैशाख लगते ही उसके घर दुकानदार, सुनार, सेठजी तथा साहूकार सबका आना जाना शुरू हो गया जैसे वह गाँव छोड़कर जाने वाला हो। जब भी कोई उधार मांगता रंजोर वैशाख में कहकर टाल देता मगर अब वैशाख ही आ गया तो मुश्किलों में इजाफा होना स्वाभाविक था। इस बार फसल उतनी अच्छी ना हुई कि वो सबका लिया चुका दे। लिहाजा रंजोर कुछ परेशान सा रहने लगा। जिस वैशाख की फसल के बहाने उसे पैसे मिले आज वही वैशाख उसे कष्ट कारक लगने लगा।

एक शाम रंजोर खेतों की तरफ निकला फिर नहीं लौटा। सुबह गाँव के लोगों ने उसे नीम के पेड़ पर लटका हुआ पाया।

✎ लक्ष्मण सिंह त्यागी रीतेश

कुशल गृहिणी

महावीर की चिंता उस समय अधिक बढ़ गई जब उसके घर अचानक आये हुए मित्रों ने भाभी जी के हाथों का बना हुआ गाजर का हलवा खाने की इच्छा जाहिर कर दी। कुछ दिनों से पैसों की तंगी होने के कारण वह बाज़ार से सामान लेने कम ही जाता था। कल ही तो उसकी पत्नी विशाखा ने शाम को बताया था कि शक्कर लगभग खत्म हो चुकी है। ऐसे में महावीर की चिंता लाजमी थी क्योंकि गाजर उसके खेत में ही थीं दूध भी घर में था। दिक्कत थी शक्कर और बाकी सहायक सामग्री की।

आधा घंटा तक वह टालमटोल करता रहा कि शायद ये लोग गाजर का हलवा भूल जायें।

मगर कुछ देर बाद जब विशाखा गर्म गर्म गाजर का हलवा प्लेट में लगाकर ले आई तो उसकी जान में जान तो आ ही गयी उससे ज्यादा उसे आश्चर्य हुआ कि आखिर ये सब कैसे संभव हुआ। मित्रों ने खाया भी और प्रशंसा भी की। कुछ देर बाद जब सब दोस्त चले गए तो महावीर ने उत्सुकता पूर्वक पूछा कि ये कैसे हुआ तो विशाखा ने बताया कि थोड़ा थोड़ा सारा सामान मैं बचाकर ऐसे समय के लिए ही हमेशा रखतीं हूँ।

महावीर उसकी सूझबूझ और कुशलता से प्रसन्न हुआ और बोला सच्ची गृहिणी ऐसी ही होती हैं।।

✍ लक्ष्मण सिंह त्यागी रीतेश

जलेबियां

मेले की अपनी रौनक रहट झूले गीत संगीत के बीच एक अजीब सा कोलाहल सुनाई दिया।

ग्यारह वर्ष का एक बालक भाग रहा था, पीछे पीछे कुछ दुकानदारों की भीड़ भाग रही थी, बमुश्किल पांच सौ मीटर की दूरी पर उस बालक को पकड़ लिया और लात घूँसों से उसकी पिटाई शुरू कर दी।

जब तक पुलिस पहुंची उसकी नाक कान मुंह से खून बहने लगा।

कुछ लोगों को गिरफ्तार किया बालक को अस्पताल ले जाया गया। जहाँ डाक्टर ने उसे मृत घोषित कर दिया। मृतक की तलाशी ली गई उसकी जेब से दो तीन टुकड़े जलेबी के निकले।

वो जलेबी का शौकीन नहीं था शायद भूख से परेशान होकर उसने ये कदम उठाया होगा। जो उसे मौत तक ले गया और मानवता का स्वांग रचाने वालों पर सवालिया निशान छोड़ गया।।

लक्ष्मण सिंह त्यागी रीतेश

सुपुत्र

मुकेश ने पूरे दो महीनों तक माँ की सेवा की जिसका परिणाम भी सुखद् निकला वरना इतनी घातक बीमारी से कौन बच पाता है। लेकिन आज जब मुकेश उसी बीमारी की चपेट में आ गया तो उसे बचाने के सारे प्रयास विफल हो गये। और वह इस दुनियां में अब नहीं रहा लाचार माँ का रो रोकर बुरा हाल है।

उसे ये भी चिंता थी कि बुढ़ापे में उसे कौन सहारा देगा। क्योंकि मुकेश की पत्नी पहले ही अपने बच्चे को लेकर चली गई थी। एक सप्ताह बाद मुकेश की माँ को एक पत्र अल्मारी में रखा मिला जिसे पढकर उसकी आंखें भर आयीं। उस पत्र में लिखा था कि माँ आपको जो बीमारी है वो एक से दूसरे मनुष्य को जल्दी लग जाती है।

मुझे पता है कि मैं आपके पास रहूंगा तो मैं भी बीमार पड़ सकता हूँ और आपके पास रहकर आपका इलाज कराना जरूरी है इसलिए मैंने ही जबर्दस्ती अपनी पत्नी और बेटे को कुछ दिनों के लिए शहर में बेटे को पढाने के बहाने से भेज दिया है। यदि मुझे कुछ हो जाता है तो आप उन दोनों के पास चले जाना उनका पता मैं पत्र में लिख रहा हूँ। माँ आंसू पोंछते हुए अपने पुत्र पर गर्व कर रही थी जो आज इस दुनियाँ में नहीं रहा।।

✎ **लक्ष्मण सिंह त्यागी रीतेश**

ईमानदारी

जीतू बारह साल का बालक रोज की तरह बडे.सवेरे आज फिर अखबार बांटने के लिए निकल पडा.। उस से कुछ कदम आगे चल रहे एक महाशय की जेब से कुछ गिरता हुआ देखकर जीतू ने तुरंत साइकिल के ब्रेक लगा दिए।

उठाकर देखा वह पर्स था जिसमें पांच पांच सौ के बहुत सारे नोट थे। सामने देखा महाशय और भी आगे बढ़ चुके थे। जीतू ने साइकिल दौडाई और महाशय के सामने रोक कर उन्हें पर्स वापस करने लगा। महाशय ने जीतू की ईमानदारी से प्रभावित होकर पांच सौ का एक नोट देने के लिए हाथ आगे बढाया।

जीतू मना करते हुए बोला साहब यदि आप यहीं रहते हैं तो अपना पता बता दीजिये। मैं कल से अखबार डाल दिया करूँगा वो आपके द्वारा दिया हुआ ईनाम भी हो जायेगा और मेरा अखबार का काम बढ़ जायेगा ऐसा कहते हुए जीतू आगे बढने लगा। महाशय वहीं खड़े होकर जीतू की ईमानदारी और स्वाभिमान पर मंत्रमुग्ध होकर सोचते रहे।।

✍ लक्ष्मण सिंह त्यागी रीतेश

सपने पतंग

जनवरी में सर्दी अपने चरम पर होती है उसमें तडका लगाने का काम करती है मकर संक्रान्ति। आज मकर संक्रान्ति का ही त्यौहार है।

सुबह से ही आसमान रंगबिरंगी पतंगों से भर गया है। क्या बूढा ? क्या जवान ? सभी पतंग उड़ाने में मगन। बच्चे कुछ ज्यादा ही उत्साहित। तभी पतंग बेचने वाले की आवाज सुनाई दी। बाहर निकल कर देखा करीब दस साल का बालक हाथ में पतंग धागा लिए आशान्वित आंखों से इधर उधर देख रहा था।

मन बड़ा उद्वेलित हो उठा। पतंग यदि सपना है तो कुछ बच्चे सपनों को आसमां में उड़ा रहे हैं और यह एक बालक गली गली जाकर अपने सपनों को बेच रहा है। शायद इसी का नाम मजबूरी है।

✑ लक्ष्मण सिंह त्यागी रीतेश

किरायेदार

मीतेश इस बार थोड़ा संतुष्ट दिखा क्योंकि इससे पहले जितने भी घर किराये पर लिए हर बार कोई न कोई समस्या रही। कहीं शौचालय की समस्या कहीं स्नान घर की तो कहीं मकान मालिक से चिकचिक बाजी।

किराये से लिए इस नये मकान में सुविधाएं अच्छी थीं। सारा सामान जमाया और सो गया। देर रात को अचानक शोर सुनाई दिया। जैसे ही मीतेश ने देखा तो पता लगा कि पडौसी के पालतू कुत्ते ने एक बच्चे को काट लिया है। मीतेश थोड़ी चिंता में पड़ गया क्योंकि कुत्तों से उसके सम्बन्ध इतने मधुर नहीं थे।

दूसरे दिन बाजार से सारा सामान इकट्ठा करने में लगा रहा। शाम को जैसे ही सोने को हुआ फिर से वैसा ही शोर सुनाई दिया। बाहर निकल कर देखा तो पता लगा कि एक पडौसी कुछ ज्यादा ही मदिरा पान करके आ गया है। मीतेश की नींद ही गायब हो गई गहरे चिंतन में डूब गया और उसे अपने आप पर ही तरस आने लगा। भला किरायेदारों की भी कोई जिंदगी है।

अंत में खुद को समझाया और निश्चय किया कि कल एक और घर तलाशना है, किराये पर लेने के लिए।।

✍ **लक्ष्मण सिंह त्यागी रीतेश**

बाल मजदूरी

अशोक ने अपने बेटे विवेक को दो बजे उसके पास चीनी मिल पर आते देखा तो उसने क्रोध और जिज्ञासा से युक्त लहजे में अपने बेटे से सवाल किया कि अभी तो दो ही बजे हैं और तुम स्कूल छोड़ कर यहाँ क्यों चले आये तुम्हारी पढने की उम्र है काम करने की नहीं पढाई पर ध्यान दो वगैरह – वगैरह।

बड़ी मुश्किल से विवेक को बोलने का अवसर मिला तब उसने पिताजी को बताया कि आज बाल दिवस के कारण स्कूल की जल्दी छुट्टी हो गई मैंने सोचा क्यों न चीनी मिल को देख लूं और आपके काम में कुछ हाथ बटा लूं इसलिए मैं यहाँ चला आया।

परंतु ये तो गलत बात है पिता जी मैं एक दिन स्कूल से जल्दी आ गया इसलिए मुझे आप इतना डांट रहे हैं जबकि आप ही के मिल पर इतने बच्चे मजदूरी कर रहे हैं जिनकी पढने की उम्र है उनसे आप पढने के लिए नहीं कह रहे।

अशोक ने बात दबाते हुए कहा बेटे ये बच्चे कम पैसे में काम करने के लिए मिल जाते हैं इसलिए इनसे काम करवाते हैं बाकी इनके लिए पढाई से जरूरी पेट की भूख है। नहीं पापा ये गलत है बालश्रम और बाल मजदूरी कराना अपराध है। इनसे आपको काम नहीं लेना चाहिए बल्कि इनकी शिक्षा हेतु कुछ मदद भी करनी चाहिए।

इस बार अशोक कुछ गंभीर आवाज में बोला बेटा तुम शायद ठीक कह रहे हो मुझे इनसे मजदूरी नहीं करानी चाहिए। मैं वाकई मैं इनका अपराधी हूँ मेरा प्रायश्चित यही होगा कि मैं इनकी पढाई में मदद करुं।

बेटा मुझे क्षमा करना जो तुम चाहते हो वैसा ही होगा।।

लक्ष्मण सिंह त्यागी रीतेश

खुशी

ना साफ़ सफाई ना मिठाई पकवान दीपावली पर मुंह लटकाकर क्यों बैठी हो? कारण जानते हुए भी रविन्द्र ने पत्नी पर प्रश्नों की बौछार सी कर दी। नीतू भी उसी लहजे में बोली इतना बड़ा त्यौहार एक लड़का वो भी घर नहीं आया। मुझे बिल्कुल अच्छा नहीं लग रहा।

अच्छा तो मुझे भी नहीं लग रहा खैर तैयार हो जाओ कहीं चलना है, कार को साफ करते हुए रविन्द्र ने कहा। नीतू को लेकर रविन्द्र सीधे अनाथालय जा पहुँचा। कार में से कई डिब्बे मिठाई कपड़े और खिलौने पटाखे आदि निकाल कर बच्चों को बांट दिए। बच्चों के साथ पटाखे चलाये। नीतू भी पीछे नहीं रही उसने भी बच्चों के साथ स्नेह दुलार किया।

लौटते समय रविन्द्र से कहा आपने बताया भी नही और इतनी तैयारी के साथ मुझे यहाँ ले आये। खैर जो भी हो यहाँ आकर मुझे बहुत अच्छा लगा। ये दीपावली अपने लिए खास रही। उदास पत्नी को इतना प्रसन्न देखकर रविन्द्र भी मुस्कराते हुए बोला बिल्कुल सही बड़ा आनंद आया और दीपावली तो खुशियाँ बांटने का त्यौहार है।।

✎ लक्ष्मण सिंह त्यागी रीतेश

करवाचौथ

दीपिका कई दिनों से उत्साहित थी। उत्साह राजकुमार में भी कम नहीं था। दोनों की चोरी छिपे तैयारियां भी बडे.जोरों से चल रही थीं। आखिर करवाचौथ का दिन आ ही गया। दीपिका पूर्ण मनोयोग से अपने पहले करवाचौथ व्रत को पूर्ण करने में लगी हुई थी। उधर राजकुमार भी पत्नी के सहयोग में कोई कसर नही छोड़ रहा था। अचानक फोन की घंटी बजी। राजकुमार ने बात की मगर उसका उत्साह हवा हो गया। उदास मन से दीपिका को बताया कि उसे अभी जाना होगा। सीमा पर तनाव को देखते हुए उसकी छुट्टियां रद्द कर दी गई हैं। तुम्हारे लिए सरप्राइज गिफ्ट था जिसमें होटल में डिनर और तुम्हारे लिए उपहार रखा था मगर वो ना हो सका। खैर कोई बात नहीं। ये दो पेटियां हैं। नीली वाली को पूजा करते समय खोलना और मेरे चेहरे को देखने की जगह उसी को देखना और पीली वाली को पूजा के बाद खोलना उसमें तुम्हारे लिए कुछ विशेष है।

दीपिका मायूस तो थी मगर करती भी क्या राजकुमार को आशीर्वाद लेकर विदा किया।

अंतत: शाम को पूजा की उसके बाद छलनी चांद की तरफ बढाने को हुई उसे याद आया कि पेटी में जरूर वो अपना फोटो रखकर गये होगें। नीली पेटी को खोलकर देखा उसमें तिरंगा रखा हुआ था। दीपिका समझ गयी उसने छलनी को चांद की तरफ से वापस किया और पेटी में रखे उस तिरंगा को छलनी में से निहारने लगी। दूसरी पेटी को जब देखा उसमें कान्हा की फोटो के साथ चेक अप के बाद की पोजीटिव रिपोर्ट रखी थी।।

लक्ष्मण सिंह त्यागी रीतेश

रावण

मोहिनी बड़ी सुंदर एवं सुशील करीब दस वर्ष की बच्ची थी। हाँ थोड़ी चुलबुली नटखट जरूर थी। माता पिता की इकलौती संतान घर भर की लाडली। आज सुबह से ही उत्साहित थी क्योंकि आज दशहरा था। उसे जलता हुआ रावण देखना था। अंततोगत्वा शाम को घर से थोड़ी ही दूर दशहरा मैदान में रावण को देखने जा पहुंची। परंतु पटाखों की आवाज से डरकर घर लौटने लगी।

उसे क्या पता कि यहीं मौहल्ले का सबसे बदमाश लडका राकेश छुपा हुआ है। जैसे ही मोहिनी झाडियों वाले रास्ते से गुजरी वहीं छिपे राकेश ने भेडिये की तरह झपट्टा मारा और उसे खींच ले गया।

रावण जल रहा था आतिशबाजी की आवाज में मोहिनी की आवाज दबकर रह गई। लोग रावण के मरने का जश्न मना रहे थे। मगर वो तो सिर्फ पुतला था। रावण की आत्मा तो राकेश में प्रवेश कर गयीं थीं। और सीता जैसी पवित्र मासूम मोहिनी का शिकार कर चुकी थी।।

लक्ष्मण सिंह त्यागी रीतेश

पितृ सेवा

इलाज कराने में राजेश ने कोई कमी नहीं की। जहाँ भी लोगों ने बताया वह अपने बीमार पिता को लेकर गया। जब डाक्टर ने मना कर दिया कि बेकार में परेशान ना हों अब कोई दवा असर नहीं कर रही घर में ही सेवा करें। तब से राजेश की पत्नी पुष्पा ने अपने ससुर की सेवा का बीड़ा उठाया। दोनों की नौकरी उसके बाबजूद निर्धारित समय पर बिस्तर बदलना दवा देना नहलाना दैनिक क्रियाएँ कराना चम्मच से तरल भोजन कराना और इतने के बाद भी समय से नौकरी करना और लौट कर प्रसन्न मुद्रा में ससुर जी के पैर दबाना तथा ऊब ना पायें इसके लिए चुहलबाजी करना। चेहरे पर ना थकान ना सिकन।

दोनों पति पत्नी का यही नित्य कर्म। एक बार शाम को दोनों पैर दबाते दबाते वहीं सो गए। पिताजी बोल तो नहीं पाते मगर मन ही मन सोच रहे थे कि ऐसे बहु बेटा बड़ी किस्मत से मिलते हैं। बाद में तेरहवीं करना पितृपक्ष में भोज करना ये सब मनुष्य अपनी शान के लिए करता है। असली पितृ सेवा तो ये है जो बहुत कम लोगों को नसीब हो पाती है।

हे ईश्वर ये दोनों हमेशा सुखी रहें इतना सोचकर जैसे ही पिता जी ने अपने दोनों हाथ उन दोनों के ऊपर रखे उसी समय उनके प्राण निकल गए।

परंतु बड़ा अपूर्व नजारा था आशीर्वाद स्वरूप दोनों के सिर पर हाथ और अभी भी उनके होठों पे मुस्कान व संतुष्टि का भाव।।

☙ लक्ष्मण सिंह त्यागी रीतेश

पुरानी किताबें

जून का महीना फिसलता जा रहा था साथ ही वर्षा ऋतु का आगमन। अचानक नीरू ने घर के अंदर आवाज सुनी जो कि बाहर से रद्दी कागज खरीदने वाले की थी। नीरू ने सोचा क्यों ना पिछली कक्षा की किताबें बेच दीं जायें।

स्कूल खुलने के कुछ ही दिन शेष हैं। नयी कक्षा में नयी किताबें लेनी पडेगी। नीरू झट से सारी किताबें अल्मारी से निकाल कर फेरी वाले के पास ले आया और बीस रुपये में सारी किताबें बेच दीं। पैसे जेब में रखकर चौराहे की तरफ़ चल दिया। वैसे भी आज उसका मन आइसक्रीम खाने का सुबह से ही कर रहा था। जैसे ही वह आइसक्रीम खाते हुए घर की तरफ़ चला अचानक उसे रतन मिल गया जो उससे एक कक्षा पीछे था। नीरू ने हालचाल जाना व पढाई के बारे में चर्चा हुई। रतन ने बताया दाखिला के लिए तो पैसे रखे हैं मगर किताबों का इंतजाम नहीं हो सका है।

पापा जी मुंबई काम करने गए हैं एक माह बाद लौटेंगे तभी किताबें खरीद पाऊंगा। चलते चलते रतन ने नीरू से कहा कहीं पुरानी किताबें मिलें तो बताना। वही खरीद लूंगा कम से कम आधे पैसे तो बचेंगे। नीरू धीरे धीरे घर की तरफ़ चल दिया कुछ विचारों में डूबा हुआ सा और रतन की बेबसी पर सोचता हुआ। अब जाकर उसे पुरानी किताबों की कीमत समझ में आयी। जिन्हें बेचकर वह आइसक्रीम ले आया था। अचानक आइसक्रीम पर उसका ध्यान गया जो पिघल कर टपक चुकी थी।

✍ लक्ष्मण सिंह त्यागी रीतेश

गुरु शिष्य का रिश्ता

रामकृष्ण जी पास के गाँव में ही हाई स्कूल में शिक्षक थे। बड़े ही ईमानदार कर्तव्यनिष्ठ व सरल स्वभाव के धनी। बच्चों में काफी लोकप्रिय। परन्तु आज एक बच्चे में थप्पड़ मार दिया तब से कुछ बेचैनी सी महसूस कर रहे थे। हालांकि यह आम बात थी मगर कोमल हृदय के रामकृष्ण जी को काफी पछतावा हो रहा था।

कभी कभी मन को समझा भी लेते कि लडके ने भी तो दुष्टता की थी। सुधार के लिए मारा था कोई दुश्मनी थोडे.थी। मन तब जाकर शांत हुआ जब उस लडके से अगले दिन माफी मांगने का दृढ निश्चय कर लिया और सो गए। अगले दिन जैसे ही स्कूल पहुंचे गेट पर वही लडका खड़ा मिला। पहले तो सकपका गए परंतु अगले ही क्षण वह लडका उनके पैरों में गिरकर माफी मांगने लगा।

रोते हुए उस बालक को हृदय से लगा लिया।

अपनी आँखों को मलते हुए उसकी पीठ थपथपाई मानो दोनों ने बिना कुछ कहे एक दूसरे को माफ कर दिया हो।।

✎ लक्ष्मण सिंह त्यागी रीतेश

कई सवाल

प्रतिदिन की तरह उस दिन भी रामचरण निर्धारित समय पर साईकिल के पीछे लकडियों का गट्ठर बांध कर शहर की ओर चल दिया।

चार बच्चों का पिता होने के साथ साथ अत्यंत गरीब भी था यही रोजी रोटी का एक मात्र साधन था। बढती उम्र के साथ थकावट का हो जाना लाजमी था। आते समय छोटी वाली लड़की ने ऊनी कपड़े लाने के लिए बोल दिया था चूंकि ठंडी दस्तक दे रही थी।

अचानक हायर सैकंडरी स्कूल के पास आते आते उसे थकान होने लगी साथ में पसीना भी आने लगा उसने सोचा शहर तो आ ही गया दो मिनट आराम कर लूँ फिर लकडियों को बेचकर राशन और बेटी के लिए कुछ कपड़े खरीद लूंगा मगर उसे क्या पता था कि इस बार सोकर वह कभी ना उठ पायेगा।

हृदय गति रुक जाने के कारण उसका देहांत हो गया। काफी समय तक पडा.रहा किसी की नज़र ही नहीं गयी एक दो घंटे बाद लोगों ने देखा। कुछ लोग सहानुभूति देने लगे कुछ लोग शराबी ठहराने लगे और ऐसे लोगों की संख्या ज्यादा थी...।

लक्ष्मण सिंह त्यागी रीतेश

वापसी

बैड पर पड़ा प्रमोद कुछ बेचैनी सी महसूस कर रहा था।

कभी कभी वो स्वयं को भी कोस रहा था।

इस कोरोना महामारी में वह सही समय से घर पहुँच गया था, हालांकि परेशानी तो उस समय भी हुई परंतु फिर से काम पर लौटने के अपने ही निर्णय को वह मूर्खता पूर्ण बता रहा था।

लेकिन दूसरे ही पल वह सोचता कि घर में खाने के लाले पडे थे, पत्नी और चार – चार बच्चे उनकी खातिर ही तो उसे बढती महामारी में इस मौत के मुंह में आना पडा।

बीमारी का भरोसा भी नहीं कब तक चले।

इसीलिए उसे परिवार को छोड़कर भारी मन से इस महानगर में पुनः आना पडा।

लेकिन आते ही बीमार पड़ गया जांच हुई तो कोरोना पाजीटिव निकला।

वैसे तो यहाँ अपने थे ही नहीं कुछ तथाकथित अपने बनने का दावा किया करते थे, वो अब झांकने तक को नहीं आ रहे।

वो तो बेहोश हो चुका था, पता नहीं कैसे अस्पताल लाया गया।

अब जैसे ही होश आया तो उसने घर बताने के लिए फोन करना चाहा मगर फोन का पता नहीं कहाँ छूट गया और अब बैड पर पड़ा – पड़ा कभी खुद से नाराज होकर कभी भाग्य को दोष देकर बेचैन सा हो रहा है।

सोच रहा है कि पता नहीं अब कभी अपने बीबी बच्चों से मिल पायेगा या नहीं।

☙ लक्ष्मण सिंह त्यागी रीतेश

मत का मतभेद

रोज की तरह सुनील आज पिताजी को चाय देने नहीं गया बल्कि अपनी पत्नी से ही बोल दिया। स्वभाव से सुनील ऐसा नहीं था वो दूसरों को भी माता पिता की सेवा करने की सलाह देता था।

पिता जी का चेहरा भी मुरझा मुरझाया सा लग रहा था। वो भी अपनी वर्तमान दशा के उलट अपने इस योग्य बेटे की हर इच्छा पूर्ण करना अपना परम कर्तव्य समझते थे।

पत्नी रीना से रहा ना गया और अपने पति से कारण पूछा तो कुछ देर के लिए सुनील शांत रहा फिर बडबडाने लगा।

पिता जी समझते ही नहीं ये राजनीति है ज्यादा भरोसा ठीक नहीं है, हमें तो अपना लाभ देखना चाहिए।

वीरभद्र जी ने साफ कह दिया है कि जीतकर पहला काम हमारे घर पर हैंडपंप लगाने का करेंगे। बस हमें तीनों वोट देने होंगे।

मगर पिता जी मानने को तैयार ही नहीं हैं जैसे उन्हें सोनभद्र जी ने कोई जडी बूटी खिला दी हो। वे कहते हैं कि सोनभद्र जी ने जीतने पर गाँव के तालाब का जीर्णोद्धार करने का वादा किया है अतः उन्हीं को वोट देना है।

बस यही मत का मतभेद है।

पत्नी ने गंभीरता तोडते हुए कहा कि इस बार आप गलत हैं, आप अपने स्वार्थ में फंस गए हो। समस्या पानी की है मगर ये पूरे गाँव की है यदि तालाब ठीक हो जाए तो गाँव के साथ साथ हमारी समस्या का भी निराकरण हो जायेगा।

मैं पिता जी के साथ हूँ और निवेदन करती हूँ कि आप भी ऐसा ही करेंगे।

लक्ष्मण सिंह त्यागी रीतेश

जर्सी

पूरे पन्द्रह वर्ष बाद सोहन विदेश से वापस लौटा है। अब वह बड़ा कारोबारी बन चुका है। गया तो अध्ययन करने के लिए मगर रूस उसे इतना पसंद आया कि पट्ठा वहीं जम गया। शादी बच्चे धन वैभव सब में सम्पन्न।

पैतृक संपत्ति जो भारत में थी सोचा सब बेच कर इस बार झंझट ही खत्म कर दूं और किया भी यही। सब बेच कर आज वह तथाकथित शांति का अनुभव कर रहा था। रात बारह बजे की फ्लाइट थी पैतृक संपत्ति सोच से भी ज्यादा देकर गयी। सोचा क्यों न गाँव के पास के मंदिर में दर्शन किया जाये। नौ बजे भी बस से निकलेगा तो भी ग्यारह बजे तक एयरपोर्ट पहुँच ही जायेगा और अभी छः ही बजे हैं फिर क्या था। एक दुकान से पचास कंबल लिए चूंकि दिसम्बर लगने वाला था सोचा सर्दी आ गयी है। जरूरतमंदों को ये कंबल बांटता जाये।

सब कुछ वैसा ही हुआ दर्शन और फिर कंबल वितरण जैसे ही चलने को हुआ उन्ही भिखारियों में से एक महिला ने उसकी कलाई पकडी और हाथ में जर्सी थमाते हुए कहा कि जिस जर्सी के लिए तू विदेश जाते समय खरीदने के लिए जिद कर रहा था वो मैंने इस बार खरीद ली। तब में समर्थ नहीं थी यदि सरकार छात्रवृत्ति नहीं देती तो मैं तुझे विदेश तो क्या देश में भी ना पढा पाती। पुरखों की दो एकड़ जमीन और उस पुराने घर के अलावा था ही क्या?

परंतु अब इसे पहन ले सर्दी भी आ गयी है सोहन पाषाणवत् होकर कभी उस महिला को देखता और दूसरे पल उस जर्सी को।

✍ **लक्ष्मण सिंह त्यागी रीतेश**

दो राय

रात बारह बजे तक नींद नहीं आयी और सुबह तीन बजे ही आंखें खुल गईं। बमुश्किल दो तीन घंटे पलकें झपकीं। उसमें भी मन उद्विग्नता में कुछ बडबडाता रहा।

हुआ यह था कि शाम को आठ बजे जब बिरमा कोचिंग से लौटी तो पिताजी ने थोड़ी हिदायत दे दी और चेतावनी भी कि छ: बजे के बाद नहीं आना है। जो भी काम हो छ: बजे तक निपटा कर घर आना ही होगा। समय खराब है, इसमें कोई बुराई नहीं थी परंतु जिस समय उसे डांटा गया।

तभी उसका छोटा भाई बाजार से वापस लौटा उसे कुछ नहीं कहा गया बल्कि प्यार भरे लहजे में यही कहा कि बेटा आज जल्दी आ गए तबियत तो ठीक है ना।

भाई बहन के प्रति पिताजी की दो राय बिरमा को परेशान कर रही थी। साथ ही हतोत्साहित भी।

✎ लक्ष्मण सिंह त्यागी रीतेश

सवालिया निगाहें

दीनदयाल ने रोजाना की तरह आज भी अंगीठी सुलगा ली, बल्कि आज तो सुबह की अंगीठी बुझी ही नहीं दिनभर कोहरा छाया रहा इसलिए दो घंटे का अंतराल दिया गया।

शाम चार बजे तक ठंडी एवं मरणासन्न अंगीठी को हवा देकर पुनः जीवित कर दिया।

अपने बाजु में बैठे छः वर्षीय पुत्र को अपने द्वारा उसके लिए कुछ भी ना कर पाने की नाकामी को शायद छुपाने की कोशिश में दलीलें दिये जा रहे दीनदयाल ने जोर देकर कहा, " सब ईश्वर का खेल होता है मनुष्य के हाथ में कुछ नहीं होता।"

'हानि, लाभ, जीवन, मरण, जस, अपजस विधि-हाथ' सामने से चमचमाती गाड़ी निकली जिसमें अंतिम शीट पर विदेशी कुत्ता सवार था।

बालक की आंखें उस गाड़ी को दूर तक देखती रही और लौटती निगाहे पिताजी के मुख पर जाकर रुकीं मगर इस बार निगाहें सवालिया थीं

✍ लक्ष्मण सिंह त्यागी रीतेश

चाकलेट

रामदीन के ऊपर दरिद्रता कुछ ज्यादा ही मेहरबान थी। इसी के चलते उसने अपनी पत्नी को खो दिया लेकिन रामदीन ने अपनी पत्नी की एकमात्र निशानी अपने पुत्र बल्देव की परवरिश में कोई कमी नहीं की। स्वयं अभी भी रिक्शा चलाता है मगर बल्देव का दाखिला अंग्रेजी मीडियम स्कूल में कराया।

कमाई के नाम पर बस यही कि रोज कुआ खोदना और रोज पानी पीना। आज वह उदास है, सुबह का घर से निकला और अभी रात के नौ बज चुके हैं। केवल पचास रुपये की सवारी ही मिल सकीं वह यही सोच रहा है कि बल्देव ने दो दिन पूर्व ही उसे बता दिया था कि इसबार क्रिसमस डे पर वह अपने दोस्तों को चाकलेट गिफ्ट में देगा।

प्रतिवर्ष उसके दोस्त उसे देते हैं और वह मन मारकर रह जाता है। एक आह भरकर उदास मन से रिक्शा घर की तरफ बढाता है, अचानक उसके शरीर का ताप इस जाड़े की रात में भी बढ़ जाता है।

शायद बुखार आ चुका था मगर इसका इलाज कोई टेबलेट नहीं बल्कि चाकलेट थी। जिन्हें लाने में वह आज असफल हो चुका था

लक्ष्मण सिंह त्यागी रीतेश

ग्रीटिंग कार्ड

सपनों के शहर कोटा में निकीता दो वर्ष पूर्व आयी थी। अपने कम, माँ–बाप के ज्यादा सपनों की पोटली लिए हुए। बडा-सा कोचिंग संस्थान बड़ा - सा कैम्पस। सातवीं मंजिल पर फाईव स्टार हास्टल के एक बेहतरीन कमरे से लगातार सिसकियों की आवाज सुबह से ही आ रही थी। अंदर चारों तरफ किताबें बिखरी पड़ी थीं। बीच में बिस्तर पर, निकिता लगातार रोये जा रही थी। उसके माँ बाप दोनों आई ए एस रैंक के अधिकारी थे मगर दोनों काम में इतने व्यस्त कि पिछली दो सालों में निकीता को छोड़कर जाने के बाद पलट कर तक नहीं देखा।

फोन पर साप्ताहिक अंक जरूर पूछ लेते हैं, उनके द्वारा पिछले साल भेजे गए ग्रीटिंग कार्ड सामने रखकर रोये जा रही है। इस बार नववर्ष के मौके पर उसकी अधिकांशतः सहेलियाँ अपने अपने मात - पिता के साथ सैलीब्रेट करने जा चुकीं हैं।

उसका बाल मन बार बार मात पिता से मिलने को आतुर था। उन्होंने निकीता से वादा भी किया था कि इस बार नया साल एक साथ मनायेंगे।

निकीता पुराने ग्रीटिंग कार्ड निर्निमेष देखे जा रही थी तभी दरवाजा घंटी बजी बाहर आकर देखा चपरासी दो ग्रीटिंग कार्ड गुलदस्ते और सॉरी–नोट (माफी पत्र) लिए खड़ा है।

✍ लक्ष्मण सिंह त्यागी रीतेश

नीला आसमान

नववर्ष दस्तक दे रहा था परिवार के लोगों ने कहीं न कहीं घूमने का सुझाव पेश किया। ठंड को देखकर मेरा मन नहीं था मगर बहुमत के सामने नतमस्तक होकर माँ शारदा दरबार मैहर तक जाने का प्रस्ताव संशोधित रूप में स्वीकार कर लिया।

लगभग ग्यारह सौ सीढियाँ बढी मुश्किल से करीब इतनी ही बार माँ शारदा का नाम ले लेकर चढ़ पाया। वहाँ धार्मिक काम सम्पन्न कर उतरने लगा। उतरने में इतनी समस्या ना थी मगर चढाई की थकान हावी होती जा रही थी।

अचानक किसी ने पैर पकड़ लिया मैं गिरते गिरते बचा। नीचे देखा करीब दस वर्ष की लड़की मैली सी और पतली सी एक पुरानी फ्राक पहने हुए मेरे पैरों को दोनों हाथों से जकड़ कर बैठी थी।

पहले मुझे बड़ा क्रोध आया, उसको डांटा कन्या होकर पैर पकडती है, पाप चढ़ा दिया, आदि, आदि। दूसरे ही पल मेरा मन पसीज गया। मैंने उसके चरण स्पर्श किये, बीस का नोट दिया और आगे बढ़ गया।

मगर कई दिनों तक मेरा मन जैसे वहीं रह गया था। सोच रहा था कौन है इन भारत की बेटियों का रक्षक सिवाय नीले आसमान के?

✍ लक्ष्मण सिंह त्यागी रीतेश

जीवन पतंग

आसमान में जीवन के सुख दु :ख की तरह रंग - बिरंगी पतंगें और छतों पर लडकों की टोली। मैं धूप सेंकने जैसे ही छत पर चढा सुबह ही सुबह यह नजारा देखकर समझने में देर न लगी कि आज मकर संक्रान्ति है। तिल के लड्डू के साथ श्रीमती जी चाय लाना नहीं भूलीं।

चाय की चुस्कियों के साथ पतंग डोर का संबंध जीवन - मरण के साथ दार्शनिक भाव से मैं जोड़ रहा था।

माई कुछ खाने को देना नीचे से आवाज आई, आकर देखा एक बुढिया आशान्वित आंखों से मुझे देखने लगी। मैंने अनाज के साथ कुछ लड्डू उसे देते हुए पूछा कि तुम्हारा कोई नहीं है क्या जो इस उम्र में तकलीफ उठानी पड़ रही है।

जबाब मिला ऐसा ही समझ लो बेटा। मैंने कहा समझ लो मतलब....

बोली पति चार वर्ष पहले गुजर गए, दो बच्चे और उनके भी बाल बच्चे सभी हैं परंतु उनकी पत्नियों ने घर से निकाल दिया। बेटे मौन बने सब देखते रहे जैसे उन्ही की स्वीकृति से सब हुआ हो। यह सब कहते कहते उस बुढिया की सूख चुकी आंखें गीली हो उठीं।

मैं सोच रहा था काश सूरज की तरह उसके दुख भी उत्तरायण की ओर चले जायें।

लक्ष्मण सिंह त्यागी रीतेश

संविधान

नाम था बुद्ध सिंह मगर मौहल्ले में बुद्धा के नाम से जाना जाता था। हालांकि गरीबों की ज्यादा पहचान नहीं होती। आज से सात साल पहले जब बुद्धा को पुत्र रत्न की प्राप्ति हुई तो दिल खोल कर खर्च किया। इस चक्कर में सात हजार रुपये का कर्जा भी हो गया। वर्तमान में मंहगाई की मार एवं दैनिक खर्चा तथा कमाई के नाम पर मजदूरी में भी प्रतिस्पर्धा।

एक महीने से बुद्धा लडके की बीमारी से चिंतित था। हैसियत के अनुसार लडके का इलाज भी कराया। बीमारी का कारण कुपोषण बताया गया और सलाह दी गई कि इलाज किसी अच्छे हास्पिटल में कराये। किसी तरह पैसों का जुगाड़ करके बुद्धा बालक को शहर लेकर गया।

शहर में चहल पहल ज्यादा थी आज गणतंत्र दिवस का उत्साह चरम पर था। बुद्धा रिक्शा में बैठा और शीघ्र चलने की विनती की, सिटी ग्राउंड में गणतंत्र दिवस मनाया जा रहा था। जगह जगह साउंड लगाये गये। नेता जी के उद्बोधन की आवाज बुद्धा के कानों में स्पष्ट आ रही थी। नेता जी बडे.प्रभाव शील होकर बोल रहे थे।

"आज के दिन हमारा संविधान लागू हुआ था, वही संविधान जिसने हमें समानता, स्वतंत्रता और मौलिक अधिकार दिये।

हर गरीब को कपड़ा, रोटी, मकान दिया अब कोई भूखा नहीं मरता आदि।" इधर बुद्धा ने बालक को टटोलकर देखा जो पूर्णत: ठंडा पड़ चुका था।

✍ **लक्ष्मण सिंह त्यागी रीतेश**

हवाई प्रेम

माँ कल जल्दी खाना बना देना शहर जाना है, कोर्ट में कल अंतिम सुनवाई है।

कहते हुए मोहन अपने कमरे में चला गया और कटे हुए पेड़ की तरह बिस्तर पर गिर पडा। नींद ना आने के कारण करवटें बदलता रहा। अचानक उसे याद आया कि कल चौदह फरवरी है ठीक एक वर्ष पूर्व आज ही के दिन नीता से उसकी मुलाकात फेसबुक पर हुई थी। उसके बाद मिलना जुलना घर समाज का विरोध और उसके बाद जाति धर्म की चिंता के बगैर शादी।

शादी के छ: माह बाद नीता का असली चेहरा चरित्र मोहन के सामने आया और आता ही गया एवं दोनों के बीच का फासला मंद – मंद गति से बढता गया।

एक दूसरे के बिना तडपने वाले दोनों प्राणियों को आज साथ रहने में घुटन सी महसूस होने लगी। नतीजा ये निकला कि आपसी सहमति से तलाक लेने का निर्णय कर लिया गया, जिसका वैधानिक नतीजा कल कोर्ट में मिलने वाला है।

यही सब सोचते हुए मोहन ने आंखों के आखिरी कोर पर जमा दो बूंदों को पोंछते हुए चादर से मुंह ढका और सो गया।

✎ लक्ष्मण सिंह त्यागी रीतेश

निशानी

सर्दी का कहर कुछ कम हुआ, रुचि की माँ ने बडा.संदूक खोला और परिवार के सभी सदस्यों के ऊनी कपड़े व्यवस्थित रखने के लिए बैठ गयी। हालांकि रुचि आधुनिक ख्यालातों वाली लड़की थी मगर माँ के साथ हाथ बटाना उसे अच्छा लगता था।

कपड़े रखने के पूर्व माँ के निर्देशानुसार रुचि ने जैसे ही संदूक को साफ करना प्रारंभ किया उसे संदूक में कुछ दिखाई दिया। बाहर निकाल कर देखा तो ज्ञात हुआ जैसे किसी छोटे पौधे की जड़ हो, रुचि ने मां से कौतुहल वश पूछा कि यह क्या है तब माँ ने बताया कि यह हमारे पूर्वजों की निशानी है इससे घर में सम्पन्नता आती है। इसी विश्वास के साथ तुम्हारे दादा जी के परदादा जी इसे घर में लेकर आये थे।

तब से पीढ़ी दर पीढ़ी इसे संभाल कर रखते आ रहे हैं।

और हाँ दीवाली के दिन इसकी पूजा भी करते हैं।

रुचि के मस्तिष्क में कई शब्द आये जैसे विश्वास, अंधविश्वास, श्रद्धा और निशानी।

अंत में पूर्वजों की निशानी मानकर मुस्कराते हुए रुचि ने उसे व्यवस्थित रख दिया।

☙ लक्ष्मण सिंह त्यागी रीतेश

ममत्व

गोलू का बुखार बढता ही जा रहा था, बदन तप रहा था। माँ होने के नाते वैष्णवी का चिंतित होना भी लाजमी था। मगर सबसे बड़ी चिंता की बात ये थी कि गोलू अर्द्ध चैतन्य अवस्था में भी सुनीता मौसी की रट लगाये था। वैष्णवी बैंक में नौकरी करती थी।

उसके पास समय नहीं था इसलिए गोलू की देखभाल के लिए सुनीता को रख लिया था। उस समय गोलू एक साल का था और अब वह पांच साल का हो गया है। बढती महगाई के चलते वैष्णवी ने सोचा कि अब गोलू अपना ख्याल रख सकता है तो सुनीता पर पांच हजार रुपये क्यों खर्च किये जायें। गृहस्थी में ये पैसे कहीं ना कहीं कारगर साबित होंगे। इसलिए सुनीता को आने से मना कर दिया।

गोलू ने दो दिन से कुछ नहीं खाया, सुनीता से इतना स्नेह मिला कि उसे भूलने को तैयार ही नहीं। उसे इतना याद कर रहा है कि बुखार तक आ गया, अंत में विवश होकर वैष्णवी ने सुनीता को पुनः काम पर आने को फोन लगाया और मन ही मन अपनी ममता को कोस रही थी जो, अपने ही बच्चे पर मां होकर भी प्रभाव नहीं छोड़ सकी...

☙ लक्ष्मण सिंह त्यागी रीतेश

रंग हीन फाल्गुन

किसानों के लिए फाल्गुन का महीना खुशियों से भरा होता है, रामदीन रोज की तरह आज भी खेतों की ओर गया। खेत की परिक्रमा करके वहीं मेंढ पर बैठ गया। सोचने लगा फसल पक चुकी है कल फसल पूजन करके कटाई चालू कर देगा। इस बार कई काम पूरे करने हैं। आगे की दीवार पक्की करानी है, लाली के लिए वर पक्का करना है, शादी अगले साल कर देगा। और यदि पैसा बच जायेगा तो बनिया का हिसाब भी कर देगा। जिससे शादी के लिए अगली साल कर्जा देने में आनाकानी ना करे। आदमी और पशुओं के पेट का इंतजाम भी वह पूरी साल के लिए करने की सोच रहा था।

तभी नीलगाय की आहट से उसका ध्यान भंग हुआ और वह तुरंत खड़ा होकर उसे खदेड़ने लगा।

रामदीन घर की तरफ जाने लगा मगर उसके कानों में पकी फसल की खनक किसी संगीत की तरह बज रही थी, और फसल के चांदी से रंग ने उसकी आँखों में चमक भर दी थी।

जैसे ही रामदीन भोजन करने को बैठा अचानक बूंदा बांदी शुरू हो गयी। देखते ही देखते बारिश ओलावृष्टि में बदल गयी। तेज हवा बादल पानी और बर्फ़ कब साथ ले आयी पता ही नहीं चला।

ओलावृष्टि पूरे दो घंटे चली, बारिश के रुकते ही रामदीन टार्च लेकर खेत की तरफ ऐसा भागा जैसे शिशु अपनी माँ के पास दौडता है।

वहाँ जाकर देखा पूरी फसल चादर की तरह बिछ चुकी थी और अधिकांश फलियां बर्फ़ के टुकड़ों से टूट चुकीं थीं।

कुछ घंटे पूर्व जिस मेंढ पर वह सपने देख रहा था वहीं बैठकर छाती पीटने और गला फाड़ कर रोने के अलावा उसके पास कोई विकल्प नहीं था....

लक्ष्मण सिंह त्यागी रीतेश

सुहाग का रंग

जब से सावित्री विधवा हुई है वो होली के समय घर में ऐसे छुपकर बैठ जाती है जैसे ये रंग उसे काटने को दौडते हों। पिछ्ले आठ वर्षों से उसका यही नियम बना है। आज भी यदि मुन्ना बीमार ना पड़ता तो वह बाहर ना निकलती।

लौटते समय कुछ बच्चे एक दूसरे पर पिचकारी से रंग डाल कर रंग पंचमी मना रहे थे। कुछ रंग के छींटे सावित्री की सफेद साड़ी पर पड गये। सावित्री अंदर तक सिहर गयी क्योंकि उसको पता था कि मौहल्ले की औरतों ने यदि रंग के छींटे देख लिए तो पचास तरह की बातें बनायेंगीं और यदि मुन्ना की दादी को इसकी भनक लग गयी तो वो पूरा रामायण सुना देगीं। हुआ भी यही जैसे ही सावित्री घर में घुसी तो साड़ी पर रंग देखकर दादी की त्यौरियां बदल गयीं, उसने सावित्री को इतना डांटा कि बेचारी बिना कुछ खाये आधी रात तक रोती रही।

एक ही बात उसके मन को कचोट रही थी कि पति का होना कितना आवश्यक है? विधवा का तो जीना ही मुश्किल है।

बात बात पर ताने सुनने पडते हैं, कोई उसका मुंह देखना भी पसंद नहीं करता और ढेरों पाबंदियां।

उसे आज महसूस हुआ कि सुहाग का रंग ही सर्वोपरि है....

लक्ष्मण सिंह त्यागी रीतेश

छत

नरोत्तम की एक ही समस्या थी, एक ही लक्ष्य था, जो उसने जन्म लेने के बाद जब से होश संभाला था, तभी से वो उसके पीछे पड़ गया और वो था उसके सिर पर छत होना।

नरोत्तम का मानना था कि भले ही खाने को कुछ ना हो पहनने को पुराने कपड़े हों वो सब चलेगा लेकिन मनुष्य के सिर पर छत का होना बेहद जरुरी है, जिसमें शाम को आकर थका – हारा कुछ पल के लिए आराम कर सकें।

उसी छत की तलाश और कशमकश में नरोत्तम का अब तक का जीवन चला गया।

उसने सात बार झोंपड़ी बनाई लेकिन सातों बार वह आग लगने से नष्ट हो गई। अनेकों बार कच्चा घर बनाया वो भी ज्यादा समय तक नहीं चल सका।

इन सब का कर्जा होता गया और वह चुकाता गया।

इस बार उसे कुछ सरकारी मदद मिली और कुछ कर्जा निकाला तब पक्का मकान का काम शुरू हो सका।

अंततः जिस छत का सपना वो जन्म से देखता आया आज वो भी पूरा हुआ। बढ़िया लेन्टर की छत डाली गई लेकिन इसी दरमियान एक साथ तेज बारिश होने लगी। पूरे गाँव में खुशी का माहौल था क्योंकि यह मानसूनी पहली बारिश थी, परंतु नरोत्तम की घबराहट बढती जा रही थी क्योंकि वो सीमेंट मसाला नहीं बह रहा था। बल्कि उसके सपने बहते जाते थे।

जब बारिश बंद हुई तब तक सारी छत नाली के रास्ते बहकर गाँव के तालाब में जा चुकी थी।

नरोत्तम रोया नहीं बस पत्थर जैसा मूर्तिवत हो चुका था जैसे कोई निर्जीव पुतला हो...

✍ लक्ष्मण सिंह त्यागी रीतेश

बेमतलब

अस्पताल नाम ही काफी है किसी को भी बेचैन और परेशान करने के लिए, लेकिन कुछ लोग ऐसे भी होते हैं जिन्हें हालात का फर्क नहीं पड़ता उन्हें फर्क पड़ता है सिर्फ मानव जाति की सेवा करने से।

रूप सिंह जिनकी उम्र लगभग पचहत्तर साल की होगी जिला अस्पताल में अपने ही छोटे भाई की सेवा ऐसी तन्मयता से कर रहे थे मानो कि उन्हें इस सेवा का कोई अच्छा ईनाम मिला हो।

उस भाई की सेवा करना जिसने जुआ शराब में अपने हिस्सा के साथ–साथ रूप सिंह का भी बहुत नुकसान किया था। जिसके स्वयं के बच्चे सेवा करने से दूर भागते हों, जिससे कुछ भी मिलने की कोई आस ना हो, उस भाई की निस्वार्थ और बेमतलब सेवा करना मानवता के लिए एक मिसाल से कम नहीं।

जिस उम्र में उन्हें स्वयं सेवा की आवश्यकता हो, उस समय अपने से पच्चीस साल कम उम्र के व्यक्ति की सेवा करना बहुत बड़ी बात है।

गरीबी चारों तरफ से घेरे हुए थी, उस समय भी उन्होंने सेवा को चुना।

गंदगी साफ़ करना कपड़े बदलना और वो भी प्रसन्न मुद्रा में यह कहना आसान है, करना नहीं!

अपने दुख को भूलकर उस वार्ड के सारे मरीजों का हालचाल जानना, हौसला बढाना ये उनका नित्य कर्म था।

रूप सिंह की पलकों में निराशा थी मगर आंखों में अभी भी वही चमक जो आदमी को आदमी बनाती है।

बहुत मुश्किल होता है, इतनी मुश्किलों में हंसकर ये सब करना।

ये उनका निस्वार्थ प्रेम था, भाई के साथ मानव के साथ और मानवता के साथ।

बहुत कुछ सिखा गया वह अनपढ़ और कंगाल आदमी रूपसिंह...

✍ **लक्ष्मण सिंह त्यागी रीतेश**

बेलपत्र

रघु जानता था कि यदि अपनी कोई मनोकामना पूर्ण करानी है तो सावन सोमवार के व्रत के अलावा और कोई चारा नहीं है।

यही सोचकर रघु इस बार भगवान शंकर को प्रसन्न करने के लिए पूर्ण नियम के साथ उपवास करने लगा।

यह तीसरा सोमवार था, रघु बडे.सवेरे ही निकल गया और पूजा के लिए बेलपत्र लाकर रख लिए जो कि करीब एक किलोमीटर दूर जाकर मिल सके।

रघु जैसे ही स्नान करके लौटा तो देखा कि सारे बेलपत्र उसकी बकरी खा रही है, रघु को बहुत क्रोध आया और लाठी उठाकर जैसे ही बकरी के सिर पर मारने को हुआ तभी पीछे से आवाज आई, "बेटा रुको।"

मुडकर देखा गाँव के ही महंत जी खड़े थे उनने लाठी को रघु से छीन लिया और समझाने लगे 'बेटा ये तुम क्या अनर्थ करने जा रहे थे तुम्हें नहीं पता कि ईश्वर हर जगह और हर रूप में होता है।'

माना कि बेलपत्र शंकर जी की पूजा हेतु अनुपम साधन हैं लेकिन हैं तो पत्ते ही जो कि बकरी के भी खाद्य हैं फिर बकरी ने गलती क्या कर दी जो तुम उसे मारने पर उतारू हो गये।

रघु को अपनी गलती का अहसास हो चुका था।

महंत जी से क्षमा याचना की और आज बिना बेलपत्र के ही पूजा की...

☙ लक्ष्मण सिंह त्यागी रीतेश

अधटूटी डाली

जीवन के अडतीस बसंत गवां देने के बाद नेमी चंद की जिंदगी में खुशी मनाने का एक मौका आया अर्थात उसकी सरकारी नौकरी लग गयी। यार दोस्त भी उसकी तारीफ सरकारी दामाद कहकर करने लगे। हालांकि वास्तविकता में वह दामाद के चमचमाते पद पर अभी तक सुशोभित नहीं हो सका मगर अब जबकि वह सरकारी नौकर हो ही गया तो उसका रुझान तेजी से इस तरफ बढ़ा और सूद समेत वसूली के चक्कर में चार – पांच साल उसने यूँ ही निकाल दिये कहीं कन्या पसंद नहीं तो कहीं परिवार या फिर दहेज।

अंततोगत्वा पैंतालीस साल की उम्र में नेमी चंद की शादी हुई उसके तीन वर्ष बाद बेटी का जन्म

कहते हैं कि सुख के दिन जल्दी बीत जाते हैं कुछ ऐसा ही हुआ नेमी चंद के साथ।

उसे पता ही नहीं चला दिन निकल गए और नेमी का रिटायरमेंट भी हो गया ना उसने पैसे इकट्ठा किये ना जीवन का आनंद भरपूर लिया और आज जब वह रिटायर हो गया तब उसे अहसास हुआ कि वह बुजुर्गों वाली श्रेणी में आ गया जबकि उसकी पत्नी चालीस वर्ष की हुई और बेटी बारह वर्ष की।

अब उसे पत्नी और बेटी के साथ चलने में भी संकोच का अनुभव होने लगा मगर कर भी क्या सकता था।

उसे अहसास था कि उसकी जिंदगी अब पेड़ की अधटूटी डाली की तरह हो चुकी है जो सिर्फ दैवीय कृपा से टूटने का इंतज़ार ही कर सकती है।

क्योंकि वह पुन : जुडकर हरी – भरी नहीं हो सकती और ना ही पेड़ की शोभा बढ़ा सकती...

लक्ष्मण सिंह त्यागी रीतेश

माता की चौकी

शांता बाई के पति साफ मना कर चुके थे और तर्क भी ठीक था क्योंकि पहले से ही दस हजार का कर्जा तीन हजार की मूर्तियां वो भी उधार। जबकि शांता बाई मैया की चौकी कराने की हठ कर रही थी अंत में शांता के पति ने कहा ठीक है यदि तीन हज़ार की मूर्तियां छः हज़ार से अधिक जितने रुपये की बिकें वो सब तुम्हारे फिर उन पैसों का चाहे जो करना।

शांता बाई दुकान पर बैठी मैया से यही विनती कर रही थी कि कुछ मुनाफा हो जाये तो वह मैया के प्रति श्रद्धा पूर्वक पूजा कर सके।

दिनभर ग्राहकों को बुला बुलाकर मूर्तियां बेचती रही। कल से नवरात्रि प्रारंभ होने जा रहीं थीं, ग्राहक भी बाजार में खूब थे। पांच बज चुके थे, शांता की एक चौथाई मूर्तियां अभी भी शेष थीं।

परंतु उसका विश्वास अटल था कि उसकी सारी मूर्तियां जरूर बिक जायेंगी।

अंत में छः बजे एक छोटा दुकानदार उसके पास आया और बोला कि वो सारी मूर्तियां खरीदना चाहता है।

वो भी बीस रुपये की मूर्ति को चालीस रुपये प्रति नग में क्योंकि वह गाँव वालों से एडवांस में पचास रुपये प्रति मूर्ति के हिसाब से पैसे ले चुका था जबकि उसकी मूर्तियां ट्रेक्टर पलटने से टूट चुकीं थीं।

शांता को विश्वास ही नहीं हो रहा था उसकी दिनभर की कमाई नौ हजार रुपये जो थी।

वह खुश थी क्योंकि अब माता की चौकी करा सकेगी, परंतु आश्चर्य भी खास तौर पर उस दुकानदार पर जिसे देखकर लग रहा था जैसे मैया रूप बदलकर उसकी सहायता करने आयी हो...

✍ लक्ष्मण सिंह त्यागी रीतेश

राम जैसा

सोरन की पत्नी आज सुबह से ही सोरन पर बरस रही थी, उसकी झुंझलाहट लाजमी थी क्योंकि इसमें एक टीस छुपी थी। सोरन ने बचपन से लेकर जवानी तक अपने तीनों भाईयों की परवरिश में लगा दी और आज जब सोरन को उनके सहारे की जरूरत पड़ी तो सबने हाथ खड़े कर दिए।

सोरन की पत्नी स्वभाव से विनम्र और संस्कारी महिला थी, उसने भी देवरों को बेटे जैसा प्यार दिया। मगर आज जब सोरन तेल मिल में काम करते हुए दुर्घटना वश अपाहिज हो गया तो सब भाई सहारा बनने की बजाय उससे दूर हो गये। यही उसकी नाराजगी की वजह थी, बोली, “तब तो रामायण को अपना जीवन बना लिया, रामायण पढना और अपने भाईयों को सुनाना, स्वयं राम बने फिरते थे, मगर अफसोस भाईयों को भरत, लक्ष्मण नहीं बना पाये।”

दुखी सोरन भी था, धीरे से बोला राम बनने में कष्ट ही मिलते हैं, फिर इतनी दुखी क्यों हो? और मैं राम कभी नहीं बना। मैं क्या कोई प्राणी राम नहीं बन सकता, उनकी त्याग तपस्या मर्यादित जीवन समदर्शिता, ये हर किसी के वश की बात नहीं है। क्योंकि आदमी केवल सुख चाहता है, स्वार्थ पूरा करना चाहता है, जो राम बनने में असंभव है और हाँ मैं राम नहीं राम जैसा बनना चाहता था और ये प्रयास सबको करना चाहिए...।

✍ लक्ष्मण सिंह त्यागी रीतेश

हनुमा

हनुमा दद्दा नाम के अनुरूप अपने स्वामी के परम भक्त थे जैसे हनुमान जी अपने स्वामी राम जी के भक्त थे। अपने स्वामी ठाकुर साहब के यहाँ नौकरी करते हुए उन्हें चालीस वर्ष हो गये। ठाकुर साहब भी उनपर आंखें बंद कर भरोसा करते थे। परंतु आज बहुत बड़ी घटना हो गई जिसे सुनकर ठाकुर साहब भी स्तब्ध थे। हुआ ये था कि ठाकुर साहब अपनी अल्मारी में दस हजार रुपये रखे हुए थे जो उन्हें यथा स्थान पर नहीं मिले। घर के सदस्यों द्वारा शक हनुमा पर इस लिए किया गया क्योंकि वे ही उस कमरे में आते - जाते थे। इसी शक के चलते घर के सभी सदस्यों ने उनको भला बुरा कहा और घर से निकल जाने का फरमान भी सुना डाला। ठाकुर साहब को अभी भी विश्वास नहीं हो रहा था। हनुमा से सफाई में अपना पक्ष रखने को ठाकुर साहब ने कहा। परंतु दद्दा ने सफाई देने से विनम्रता पूर्वक मना कर दिया और कहा कि मैं यदि सफाई दूंगा तो आपका विश्वास हार जायेगा।

जैसे ही हनुमा चलने को हुए तभी कुंवर साहब जो ठाकुर साहब के बेटे थे उनका आगमन हुआ और ठाकुर साहब से कहा कि जरूरी काम के चलते मैंने आपकी अल्मारी से दस हजार रुपये ले लिये थे जो मैं परसों वापस रख दूंगा।

इतना सुनकर हवेली में सन्नाटा छा गया और ठाकुर साहब की आंखें जीवन में पहली बार छिपने की जगह ढूंढ रही थीं और माफी के लिए सहानुभूति पूर्ण नज़र......

✍ लक्ष्मण सिंह त्यागी रीतेश

गर्मी में

सूरज जब सुबह स्कूल गया तो मौसम कुछ हद तक ठीक था, परंतु अभी बारह बजे घर लौट रहा था तो ऐसा लग रहा था जैसे कुछ ही देर में आग लगने वाली हो। हवा भी इतनी गरम चल रही थी कि उसका सामना करने की हिम्मत नहीं हो रही थी।

इस बार अप्रैल में ही गर्मी चरम पर थी, लेकिन सूरज की पढ़ाई के प्रति लगन से शायद कुछ कम।

सूरज का स्कूल घर से दो किलोमीटर की दूरी पर था।

चौथी उत्तीर्ण कर पांचवीं कक्षा में दाखिला लेने के लिए सूरज आज स्कूल गया था।

जब वह बारह बजे पैदल घर लौट रहा था तो देखा कि सडक के किनारे चिड़िया बेहोश पड़ी है।

उसका घोंसला भी वहीं बिखरा पड़ा है। सूरज को समझने में देर ना लगी कि ये सब गर्मी की करामात है।

उसे लगा कि पानी से चिड़िया की जान बचाई जा सकती है, उसकी बोतल में पानी नहीं था। बिना देर किये वह पुनः स्कूल गया और बोतल में पानी भरकर लाया. पैदल आने जाने में वह पसीने से लथपथ हो चुका था।

जैसे ही उसने चिड़िया पर पानी उंडेला अगले ही पल चिड़िया पंख फड़फड़ा कर उड़ गयी. सूरज यह देखकर बड़ा खुश हुआ जैसे उसके सपनों को पंख लग गए हों...

✍ लक्ष्मण सिंह त्यागी रीतेश

ना आये सावन

सावन का महीना हो और बिरजू को याद ना करें ऐसा हो नहीं सकता। एक तो सावन का महीना इतना सुहावना और त्यौहारों से भरा हुआ उसके बाद बिरजू जो अपने गाँव में ही नहीं अपितु अन्य गांवों में भी अपनी लोक गायिकी के लिए प्रसिद्ध था।

रक्षाबंधन के गीत जन्माष्टमी के भजन, सावन के झूलों के गीत, पंद्रह अगस्त की वजह से देशभक्ति गीत उसके अंदर भरे पड़े थे।

उसके गीतों में भाई – बहन, भक्त – विरहणी, देशभक्त आदि कई चरित्र झलकते थे।

हर रोज़ सावन में कहीं ना कहीं वह गाने के लिए जाता रहता, मगर इस बार जैसे ही वह घर से निकला मूसलाधार वर्षा शुरू हो गई।

वह अपने गाने में मस्त इधर पत्नी का बुरा हाल क्योंकि कच्चा मकान जिसमें धीरे – धीरे पानी आने लगा, ना खाना बनाने के लिए जगह और ना ही सोने के लिए स्थान, ऊपर से चार चार बच्चे।

हालांकि देर रात तक बिरजू भीगते हुए लौट आया था मगर पत्नी बच्चे भूखे बैठे मिले, वे सो भी नहीं पा रहे थे।

तीन दिन बारिश चलती रही बच्चों की स्थिति दयनीय हो चुकी थी। पत्नी बार – बार ताने मार रही थी कि गाने से घर नहीं चलता, कुछ काम भी करना पड़ता है और यदि किया होता तो ये दिन ना देखना पड़ता।

आज बिरजू की आंखें खुली उसे अपने गीतों में अपना चरित्र नहीं दिखा जो गरीबी में जी रहे हर दूसरे–तीसरे व्यक्ति में मिल जाता है और यह चरित्र था, 'मजबूरी' का 'बेबसी' का 'लाचारी' का।

आज यह चरित्र बाकी सब चरित्रों पर भारी पड़ गया और उसने गाना छोडकर मेहनत करने का निश्चय किया...

लक्ष्मण सिंह त्यागी रीतेश

रजनी

वर्षों पूर्व से जो सपना देखा गया वो आज पूरा होने जा रहा है अर्थात रघुवीर की पुत्री की शादी उस घर में तय होने जा रही है, जिस घर में प्रवेश करने के लिए आम आदमी को दस बार हिम्मत करनी पड़ती है, आखिर ज्वाला राजपूत की रहीसी किसी से छुपी नहीं थी और रघुवीर भी उनके बराबर नहीं था वो तो उनकी पुत्री रजनी ही गुणवान और सुंदरता का अपूर्व संयोग थी, जिसे कोई भी परिवार अपनी बहू बनाने के लिए तैयार हो सकता था।

लेकिन कहते हैं ना कि शादी हैसियत देखकर करनी चाहिए, इसी तरफ रघुवीर का ध्यान नहीं गया। अंततः शुभ समय आ ही गया, लडके वाले तय समय पर रघुवीर के घर पधारे चाय नाश्ता हुआ और रजनी को बुलाया गया। एक – एक कर परिवार के सभी सदस्यों ने रजनी पर सवाल दागे, जिनके उचित जबाब रजनी देती गयी। लडके के पिता ने घोषणा की कि हमें लड़की पसंद है, शादी का मुहुर्त निकलवा लिया जाए तभी रजनी ने बात काटते हुए और क्षमा मांगते हुए कहा कि मेरे भी कुछ सवाल हैं जिनके जबाब मुझे लडके से चाहिए क्योकि लडके के साथ जीवन मुझे गुजारना है तो मैं भी अपनी शंका दूर करना चाहूंगी।

इतना बोलना ही ज्वाला राजपूत को अच्छा नहीं लगा, उसे ऐसा लगा कि उसका अपमान किया जा रहा है।

क्रोध और आवेश में आकर चिल्लाने लगा, "मेरे बेटे से सवाल करोगी तुम, तुम्हें अपनी औकात पता है क्या?"

रघुवीर क्षमा याचना करते हुए बोला, "बच्ची है, गलती हो गई, माफ़ करें।"

लेकिन रजनी ने साफ कर दिया कि उससे कोई गलती नहीं हुई है जब उससे इतने सवाल पूछे जा सकते हैं तो क्या उसे हक़ नहीं है? उस व्यक्ति के बारे में जानने का जिसके साथ वो ये जीवन जीने वाली है। इतना सुनकर ज्वाला राजपूत पैर पटकता हुआ रघुवीर को देख लेने की धमकी देते हुए बाहर चला गया। रघुवीर भी सिर पकड़ कर बैठ गया।

मगर रजनी मुस्कुरा रही थी वो जानती थी कि उसने बहुत बड़ी बगावत कर दी है, समाज की परंपरा के खिलाफ, मगर वो ये भी जानती थी कि ये आवश्यक था......।

✍ लक्ष्मण सिंह त्यागी रीतेश

शोध आलेख

लेखक परिचय

राजेंद्र कुमार नामदेव 'विद्यार्थी'

राजेंद्र कुमार नामदेव 'विद्यार्थी' का जन्म मध्यप्रदेश के पन्ना जिले के अमानगंज में एक सामान्य नामदेव परिवार में सन् 21 जनवरी 1986 को हुआ। माता – पिता के सरल एवं मृदुल स्वभाव का असर आप पर भी पड़ा। आपकी प्राथमिक शिक्षा गांव के ही सरकारी विद्यालय में तथा गांव के ही शा. बा. मा. विद्यालय से 12वीं कक्षा प्रथम श्रेणी से उत्तीर्ण की। स्नातक की पढ़ाई अमानगंज के ही महाविद्यालय से हुई तथा स्नातकोत्तर की शिक्षा पन्ना के छत्रसाल महाविद्यालय से एवं बीएड डॉ. हरिसिंह गौर केंद्रीय विश्वविद्यालय सागर से हुई। आपने 'नेट' तथा 'स्लेट' की परीक्षा भी 2017 में उत्तीर्ण की। वर्तमान में आप अमानगंज के ही शा. बा. उच्च माध्यमिक विद्यालय में अतिथि व्याख्याता के रूप में अपनी सेवाएं प्रदान कर रहे हैं। इसके साथ ही शोध आलेख, निबन्ध एवं रचना कार्य मे भी आपकी रुचि है। आपके लेख विभिन्न पत्र पत्रिकाओं में प्रकाशित होते रहते हैं।

डॉ0 घनश्याम भारती : एक आदर्श प्राध्यापक

रामचरितमानस में गोस्वामी तुलसीदास जी महाराज लिखते हैं–

''बड़े भाग मानुष तनु पावा।
सुर दुर्लभ सब ग्रन्थन गावा।'' (07/42/7)

आशय यही है कि यह मनुष्य शरीर प्राप्त होना उस ईश्वर की असीम कृपा का ही परिणाम है, जो देवताओं को भी दुर्लभ है। अब बात आती है कि क्या मनुष्य योनि मात्र में जन्म लेने से ही मनुष्य; मनुष्य बन जाता है; नहीं। कहते हैं कि पीली दिखने वाली हर वस्तु स्वर्ण नहीं होती है। यही बात हम सभी मनुष्य पर भी लागू होती है। वास्तव में मनुष्य वही है जिसमें मनुष्यता के गुण विद्यमान हों। अन्यथा वह मनुष्यरूप में पशु ही है।

ऐसे ही हमने मानवीय गुणों से भरपूर परम आदरणीय,परमश्रद्धेय डॉ. घनश्याम भारती जी को देखा और पाया। जिनमें सभी के प्रति प्रेम, दया, करुणा, वत्सलता और सहानुभूति के गुण देखे हैं।जिनको गीता में भगवान श्री कृष्ण ने दिव्य गुणों की संज्ञा दी। वास्तवमें प्रतिभावान पुरुषों के ये गुण ही उनके आभूषण हुआ करते हैं।नीतिश्लोक में आता है–

''नरस्याभरणम् रूपम् रूपस्याभरणम् गुणा।
गुणस्याभरणं ज्ञानं, ज्ञानस्याभरणम् क्षमा।''

डॉ. घनश्याम भारती जी बुंदेलखण्ड के प्रतिभावान साहित्यकार,समीक्षक, समालोचक तथा आदर्श प्राध्यापक भी है जो शासकीय स्नातकोत्तर महाविद्यालय गढ़ाकोटा, जिला सागर मध्यप्रदेश में हिन्दी के विभागाध्यक्ष के पद को सुशोभित कर रहे हैं और महाविद्यालय का गौरव बढ़ा रहे है। वास्तव में कभी–कभी प्रतिभावान पुरूष जब अपने चरम उत्कर्ष पर होते है तो वे सूर्य की तरह सारे जगत को प्रकाशित करते है और अपने माता–पिता तथा अपने क्षेत्र को गौरवान्वित करते हैं ।ऐसे ही सागर के सपूत डॉ. घनश्याम भारती जी अपने महाविद्यालय में अध्यापन कार्य के साथ–साथ साहित्य के क्षेत्र में भीअपनी प्रतिभा का लोहा मनवा रहे हैं। वैसे भी डॉ. भारती जी को सुसंस्कार अपने पूज्य पिताजी से विरासत में मिले। और कुछ उन्होंने अपने आपको

मानवीय गुणों से सजाया; यही कारण है कि आज डॉ.भारती जी समाज सेवा, हिन्दी समीक्षा, समालोचना एवं संपादन कला के क्षेत्र में लब्धप्रतिष्ठा हासिल करते जा रहे हैं जोकि उनकी प्रतिभा की परिचायक हैं।

डॉ. भारती से मेरा प्रथम परिचय :-

एक कहावत है– जहाँ चाह वहाँ राह। यह कहावत कभी-कभी चरितार्थ भी हो जाती है। यदि हमें किसी सज्जन व्यक्ति या लब्धप्रतिष्ठित व्यक्ति से मिलने की चाह है तो कहीं न कहीं मिलने का अवसर भी ईश्वर की कृपा से मिल जाता है। ऐसे ही डॉ. भारती जी से मेरा मिलना एक दैवीय संयोग रहा है। मेरा प्रथम परिचय अप्रत्यक्ष रूप से चलित दूरभाष के माध्यम से ही हुआ। जिसका श्रेय उनके सहपाठी, सहकर्मी, परम आदरणीय डॉ. सुनील विश्वकर्मा जी को जाता है जो वर्तमान में शासकीय स्नातकोत्तर महाविद्यालय गढ़ाकोटा में भूगोल विषय के विभागाध्यक्ष के पद पर आसीन हैं। बात सन् 2010 ई. की है जब डॉ. सुनील विश्वकर्मा जी की प्रथम नियुक्ति अमानगंज के शासकीय स्नातक महाविद्यालय में सहायक प्राध्यापक के. पद पर हुई और वार्षिक परीक्षा में ड्यूटी के दौरान मेरा परिचय डॉ. विश्वकर्मा जी से हुआ। उनके आत्मीय एवं मधुर व्यवहार से मैं बहुत प्रभावित हुआ और मैं भी हृदय से उनका आदर करने लगा। इसी दौरान मैं यूजीसी नेट की तैयारी कर रहा था उन्होंने मुझे बहुत ही प्रोत्साहित और अभिप्रेरित किया और डॉ. भारती जी का चलितदूरभाष नंबर दिया। मुझे डॉ. भारती जी से बात करके बहुत ही प्रसन्नता व सकारात्मक प्रेरणा मिली। उनकी मृदुल भाषा व सरल व्यवहार ने मुझे बहुत ही प्रभावित किया। अभी सिर्फ मेरी चलित दूरभाष से ही बात होती रहती थी, समय व्यतीत होता गया और एक दिन मुझे दिनांक 12 फरवरी 2014 ई. को शासकीय महाविद्यालय गढ़ाकोटा जाने का संयोग बना और मेरी भेंट डॉ. घनश्याम भारती जी से हुई तथा मेरीआत्मीयता उनसे बढ़ती गई। साहित्य प्रेमी होने के कारण मेरा उनसे निरंतर मिलना-जुलना बना रहा। इसी दौरान गढ़ाकोटा महाविद्यालय में दिनांक 23 और 24 अप्रैल 2018 को एक अंतर्राष्ट्रीय सेमीनार काआयोजन हुआ जिसका शीर्षक था- "वैश्विक जीवन मूल्य और रामकथा"। इसका आयोजन अयोध्या शोध संस्थान लखनऊ के द्वारा किया गया था। जिसके संयोजक डॉ. घनश्याम भारती जी थे। यहाँ भारत सहित विदेशों से हिन्दी भाषा और रामकथा के प्रेमीजन पधारे हुये थे, जिसमें परम श्रद्धेय डॉ. पृथ्वीनाथ पाण्डेय जी प्रयाग से, डॉ. श्रीराम परिहार जी खण्डवा से, डॉ. नीलम जैन, सेंट जोन्स यूनिवर्सिटी अमेरिका से,डॉ. योगेन्द्र प्रताप सिंह अयोध्या से, डॉ. अतुल पाण्डेय

अयोध्या से, डॉ. राजेन्द्र मिश्र शिमला से और डॉ. श्यामसुंदर दुबे हटादमोह से आदि ख्याति प्राप्त साहित्यकार पधारे हुए थे। इन्हीं के बीच में मुझे भी "वैश्विक जीवन मूल्य और रामकथा" विषय पर मात्र पाँच मिनट बोलने का सुअवसर प्राप्त हुआ। इसका श्रेय भी डॉ. भारती जी को ही जाता है। जिनके आशीर्वाद से मुझे विद्वतजनों के बीच में बोलने का सुअवसर प्राप्त हुआ।

उपलब्धियाँ :-

पूर्व राष्ट्रपति परम् श्रद्धेय डॉ. एपीजे. अब्दुल कलाम जी ने अपनी पुस्तक 'तेजस्वी मन' में एक कविता के माध्यम से लिखते हैं-

"मानव जीवन प्राप्त करना दुर्लभ है और भी दुर्लभ है बिना किसी विकृति के जन्म लेना यदि आप विकृत नहीं भी हैं तो ज्ञान तथा शिक्षा को पाना दुर्लभ है और जब कोई शिक्षा तथा ज्ञान प्राप्त कर भी लेता है तो प्रार्थना और तप करना दुर्लभ होता है। पर जो पूजा-पाठ और तप करता है स्वर्ग के द्वार उसके स्वागत में स्वतः खुल जाते हैं।''

(डॉ. एपीजे. अब्दुल कलाम, पृ.67)

प्रस्तुत कविता से स्पष्ट होता है कि मानव जीवन प्राप्त करना ही अपने आप में बहुत बड़ी उपलब्धि है। फिर कोई अपने कर्म को पूजा की तरह करता है तो वास्तव में यही स्वर्ग है और यही मोक्ष है डॉ. भारती जी वैसे ही शासकीय स्नातकोत्तर महाविद्यालय, गढाकोटा में हिन्दी-विभाग अध्यक्ष के पद पर आसीन होते हुये अपने प्रखर ज्ञान से छात्रों को प्रोत्साहित और अभिप्रेरित करते हैं, साथ ही साहित्य प्रेमियों के लिये साहित्य का सृजन भी करते हैं, जो अपने आपमें एक विशेष उपलब्धि है डॉ. भारती जी के द्वारा अभी तक समीक्षा तथा निबंध के क्षेत्र में 12 पुस्तकें व कई लेख, समीक्षाएँ आदि का प्रकाशन कराया जा चुका है। आपके द्वारा सृष्टि पत्रिका के 12 अंकों का सफल संपादन भी किया जा चुका है। जिनमें कुछ विशेषांक प्रकाशित हुए हैं।

डॉ. भारती जी के द्वारा 60 शोध पत्र राष्ट्रीय एवं अंतर्राष्ट्रीय शोध पत्रिकाओं में प्रकाशित हो चुके हैं। साथ ही उनकी प्रकाशित प्रमुख पुस्तकों में "रांगेयराघव के कथा साहित्य में लोक-जीवन" एक शोध ग्रन्थ है, जो 2007ई. प्रकाशित हुआ। इसके बाद डॉ. भारती की कई पुस्तकें प्रकाशित हुईं जो देश के विद्यार्थियों, शोधार्थियों, शिक्षकों तथा साहित्य प्रेमियों के लिए एक मार्गदर्शक का कार्य कर रही हैं। शोध और समीक्षा के विविध आयाम, सत्य से साक्षात्कार के

कवि निर्मलचंद निर्मल, समय–समाज–साहित्य : एक परिशीलन, व्यक्तित्व–भाषा–मीडिया : एक अनुशीलन, मानक साहित्यिक निबंध, वैश्विक जीवन मूल्य और रामकथा, रामकथा का वैश्विक परिदृश्य, लोक जीवन में रामकथा, मर्यादापुरुषोत्तम श्रीराम तथा हिन्दी की प्रतिनिधि कहानियाँ आदि पुस्तकें महाविद्यालयों तथा विश्वविद्यालयों में अध्ययन करने वाले विद्यार्थियों के लिए पथ–प्रदर्शक का कार्य करती हैं।

सम्मान :-

श्रीमद्भगवतगीता के दूसरे अध्याय में भगवान श्री कृष्ण अपने प्रिय शिष्य अर्जुन को समझाते हुये कहते हैं कि हे अर्जुन! तेरा अधिकार कर्म करने में है तू फल की इच्छा रखने वाला मत बन।

''**कर्मण्येवाधिकारस्ते मा फलेषु कदाचन्।**'' **2/47**

जब मनुष्य अपने कर्म को निष्काम भाव से करता है। तब ईश्वर उसे विशेष फल प्रदान करता है। अर्थात् उसे अपना ऐश्वर्य प्रदान करते हैं, जिससे उसकी ख्याति दिग–दिगंतरां में फैल जाती है। और वह लब्धप्रतिष्ठित हो जाता है। परम् श्रद्धेय डॉ. घनश्याम भारती जी में भी हमने इस फलाशक्ति के अभाव को देखा और पाया है। उन्होंने भी अपनी कर्मसाधना को ही पूजा समझकर किया और निरंतर अपनी साहित्य साधना में निमग्न रहे। जिसके परिणाम स्वरूप ही ईश्वर ने उन्हें अनेक सम्मानों से विभूषित किया है। उन्हें स्थानीय, जिला स्तरीय, संभाग, राज्य, राष्ट्रीय तथा अंतरराष्ट्रीय स्तर के कई सम्मानों से उनकी नयी पीढ़ी के सारस्वत हस्ताक्षर डॉ0 घनश्याम भारती सृजनात्मकता तथा साहित्य में उल्लेखनीय योगदान हेतु सम्मानित किया जा चुका है। सुभाषितानि में आता है –

य: पठति लिखति पश्यति परिपृच्छति पंडितान उपाश्रयति।
तस्य दिवाकरकिरणै: नलिनि इलं इव विस्तारिता बुद्धि:।।

आशय यही है कि जो पढता है, लिखता है, देखता है प्रश्नपूछता है, बुद्धिमानों का आश्रय लेता है, उसकी बुद्धि उसी प्रकार बढती है जैसे कि सूर्य किरणों से कमल की पंखुडि़याँ। ऐसे ही हमारे परमश्रद्धेय परमादरणीय डॉ. घनश्याम भारती जी भी अध्ययनशील मननशील प्राध्यापक

हैं और वे अपना ज्ञानवर्धन करते रहते हैं मैं परम समर्थ गुरू महाराज जी से प्रार्थना करता हूँ कि आपकोइसी तरह साहित्य सृजन की शक्ति प्रदान करते रहे जिससे आपके द्वारा सृजित साहित्य सभी साहित्य प्रेमियों को पथ प्रदर्शक का कार्य करें और आप और आपके परिवार पर उनकी दया कृपा सदैव बनी रहें यही मेरी मंगल कामना है।

राजेन्द्र कुमार नामदेव

"कर्मयोग और ईश्वर प्राप्ति"

कर्म शब्द दिमाग में आते ही हमारे सामने जीवन का एक चक्र घूमने लगता है। हमें याद आने लगता है कि हमने कितने कर्म अच्छे तथा कितने बुरे किये हैं, जिन कामों को करने के बाद हमारा दिल स्वयं यह मान ले कि यह गलत है उस कर्म को ही हमे गलत मानना चाहिए। यही हमारी आत्मा की आवाज है और कहा भी गया है कि 'आत्मा सो परमात्मा'। आत्मा की आवाज कभी गलत नहीं होती हम गलत कार्य करें तो समझते हैं कि कोई नहीं देख रहा है और हम स्वयं जानकर भी अनजान बने रहने का भ्रम पैदा किये रहते हैं। एक कार्य अच्छा करें तो उसका ढ़िढोरा लगभग समस्त संसार में पीटना चाहते हैं। ईश्वर तो हमारे समस्त कर्मों को देखता है और वही निर्धारित भी करता है कि कौन सा कार्य सत्कर्म है कौन सा अकर्म?

कर्म शब्द की व्याख्या भिन्न भिन्न ज्ञानियों ने अपने–अपने मतानुसार की है। कर्म को प्रधान मानकर गोस्वामी तुलसीदास जी रामचरित मानस में लिखते हैं...

"कर्म प्रधान विश्व करि राखा,
जो जस करहीं तस फल चाखा।।"

अर्थात जो व्यक्ति जैसा कर्म करता है वैसा ही फल भोगता है। मानव जीवन समस्त योनियों में श्रेष्ठतम है। यही वह योनि है जिसमें आकर जीव अपने बन्धनों को काटते हेतु प्रयास कर सकता है। जिसमें दान, पुण्य, संयम, नियम, जप, तप, यज्ञ आदि प्रकार के कर सकता है। मानस में लिखा है...

"नाना कर्म धर्म ब्रत दाना,
संजम दम जप तप मख नाना।।"

गीता में भी श्रीकृष्ण अर्जुन को उपदेश देते समय कहते हैं, "कर्मन्डेवाधिकारस्ते मा फलेषु कदाचन।" अर्थात फल की इच्छा किये बिना ही कर्म करना चाहिए। आगे श्रीकृष्ण कहते हैं कि कर्म योग सबसे उत्तम है। कर्म मनुष्य को जीवन और मृत्यु के बंधन से मुक्त करता है। मुमुक्षु व्यक्ति को कर्म योग करना चाहिए। गीता में कहा गया है...

> "सन्यासः कर्मयोगश्च निःश्रेयसकरावुभो।
> तयोस्तु कर्म सन्यासात्कर्मयोगो विशिष्यते।"

कर्म केवल शरीर से किया गया कर्म मात्र नहीं है, अपितु यह तो मनसा वाचा कर्मणा के द्वारा कार्यानुभूति का नाम है। जो भक्ति भाव से कर्म करता है, जो विशुद्ध आत्मा है और मन तथा इन्द्रियों को वश में रखता है। इस व्यक्ति सबका प्रिय तथा सबको प्रिय रखते हुए कर्म करने पर भी बन्धन से मुक्त रहता है।

जो जीव कर्मफलों को ईश्वर को समर्पित करके आसक्ति रहित होकर अपना कर्म करता है वह पाप कर्मों से ठीक उसी प्रकार अप्रभावित रहता है जिस प्रकार कमलपत्र जल से अस्पृश्य रहता है।

कर्म करने से पूर्व मानव मन मे विचारासक्ति के कारण मानसिक रूप से तैयार हो कर शारिरिक तैयारी को अंजाम देता है। अतः मनुष्य को अपने कर्म सम्पूर्ण रूप से ईश्वर को समर्पित करने चाहिए श्रीशील रूप गोस्वामी जी ने भी भक्तिरसामृत सिंधु में लिखा है,

> "ईहा यस्य हरेर्दास्ये कर्मणा मनसा गिरा।
> निखिलास्वरूप्यवस्थासु जीवन्मुक्त स उच्यते।।"

भगवान श्रीकृष्ण अर्जुन से कहते हैं, "शरीर रूपी नगर का स्वामी देवधारी जीवात्मा न तो कर्म का सृजन करता है, न लोगों को कर्म करने के लिए प्रेरित करता है, न ही कर्मफल की रचना करता है। यह सब तो प्रकृति के गुणों द्वारा ही किया जाता है।

कर्म को शुद्ध रूप से ईश्वर की इच्छा समझने वाला प्रत्येक जीव अपने वास्तविक ज्ञान के कारण एक विद्वान तथा विनीत ब्राह्मण, हाथी, कुत्ता यहां तक कि एक चांडाल को भी समभाव से देखता है।

कर्म मेरी दृष्टि में दो प्रकार का हो सकता है- प्रथम फलासक्त कर्म, द्वितीय अनासक्त कर्म।

जिस कर्म में फल की इच्छा निहित हो वह फलासक्त कर्म कहलाता है, तथा जिसमें फल की इच्छा न हो और कर्म को ईश्वर को समर्पित करके किया जाता है उसे अनासक्त कर्म कहा जाता है।

जो अंत:कर्ण से सुख का अनुभव करता है, जो कर्मठ है और अंत:करण में ही रमण करता है, लक्ष्य जिसका अंतर्मुखी हो वह पूर्ण योगी कहलाता है। कर्मयोगी जीव संसार रूपी भवसागर को पार करने के लिये एक निष्ठ अनाशक्त कर्म करता है। एक गृहस्थ व्यक्ति अपने परिवार को पालने हेतु कृषि करता है वह फल की इच्छा के बिना ही धरती को जोतता है, बीज बोता है, तथा फसल को पूर्ण मेहनत, लगन से परिपोषित करता है। उसे यह नहीं मालूम होता कि उसकी यह फसल कितने लोगों का भरण पोषण करेगी लेकिन फिर भी वह कर्म करता ही है।

भगवान कपिल ने भी अपनी मां देवहूति को कर्मयोग का दर्शन कराते हुए ईश्वर प्राप्ति को सरल तथा निश्चित बताया था।

कर्मच्युत जीव संसार में रहने के योग्य नहीं है। कई सन्तों का मत है कि 'जैसा कर्म करेगा बन्दे वैसा ही फल पायेगा। जहां बोया पेड़ बबूल वहां पर आम कहाँ से पाएगा।।'

अंत में मैं यही कहना चाहूंगा कि कर्म करते हुये जीवन को आगे बढ़ाना ही जीवन की सार्थकता है। अकाम भाव से निष्फल कर्म करना ही ईश्वर भक्ति तथा प्राप्ति का मार्ग है।।

बृजमोहन त्यागी

CPSIA information can be obtained
at www.ICGtesting.com
Printed in the USA
LVHW021642011120
670390LV00033B/1149

9 788194 727811